新 潮 文 庫

鳴門の渦潮を見ていた女

西村京太郎著

新 潮 社 版

11809

目次

鳴門の渦潮を見ていた女

第一章　渦の道

1

佐々木圭、三十九歳は、警視庁捜査一課の元刑事である。

三年前の夏に、彼は、妻の由美を、失った。由美は、それまで病気らしい病気を何一つしたことがなかった、健康自慢の妻だったのに、ある日突然、血を吐いて倒れたのである。

喀血（かっけつ）が二日続き、佐々木は驚いて、妻を近くの病院に、運んで診てもらったのだが、診察の後、佐々木一人が、別室に呼ばれた。

そこで、がんの権威だといわれる院長から、佐々木は、想像もしていなかった恐ろしい宣告を受けたのである。

妻の由美が冒された病気は、最近アメリカで発見された新種のがんの一種で、今のところ、絶対的な治療法は、見つかっていないし、特効薬もないと、院長は、いうのである。

「しかし、妻は、喀血はしましたが、それ以外は、今のところ、健康そのものですよ。そんな、大病にかかっているとは、とても思えませんが、本当に、病気なのでしょうか？」

と、佐々木がきくと、院長は、

「実は、それが、この病気の唯一の、救いなのです。医者の研究では、長くて半年、それまでは健康でも、最後には突然、体全体が、壊れてしまうような形で、死を迎えるといわれています。今のところ、医者としては、どうしようもできないのです。奥さんの希望を聞いて、もし、旅行を、したいといったら、一緒に行くのもいいでしょう」

と、いった。

「旅行ですか」

「ええ、そうですよ。長い休暇を取って、奥さんと二人で、世界一周でも、なさったらどうですか？　思い出をたくさん作るのも救いかもしれませんから」

と、院長が、いうのだ。

しかし、連日事件に追われている佐々木に、そんな休暇が、取れるわけはなかったし、妻の由美自身も、特に、体調の変化を感じていたわけでもなかったから、病気は医者の誤診なのだと思うようになっていった。

しかし、医者がいった半年を迎えた時、佐々木は、厳粛な事実にぶつかった。突然、由美が半年前と同じように喀血し、それが、続いたあと、亡くなってしまったのである。

妻が死んで、佐々木には、一人娘のさくらが、残された。

しかし、なんと、今年の四月に、今度は、娘のさくらが、発症してしまった。それは、亡くなった由美と同じ、喀血を伴う症状だった。

さくらを診察した、病院の院長は、長くても、半年でしょうと、由美の時と同じことを宣告した。

それを聞いたとたんに、佐々木は、即座に警視庁に退職願を出した。

妻の由美を失った時、佐々木は仕事にかまけ、また、妻の由美のほうも、一緒に旅行に行きたいともいわず、普段通りに家の仕事をやっていてくれていることに甘えて、二人だけの時間を取るようなことをしなかったからである。今度だけは、同じ轍は踏むまいと、佐々木は思ったのだ。

佐々木は、高校一年になったばかりの娘のさくらに、

「何でも、希望をいってくれ。叶えられるものなら、叶えてあげるぞ」

と、いった。

「それなら、旅行がしたい」

と、さくらが、いう。

「どこへ、行きたい？　日本でも、海外でも、どこでも、行くぞ」

と、佐々木が、いった。

「鳴門の渦潮が見たい」

と、さくらが、いった。

「鳴門の渦潮？　四国か。本当にそこに行きたいのか？　ほかに、行きたいところはないのか？」

「ママも、いつだったか、鳴門の渦潮を見に行きたいといってたことがあるの。ママ

は、パパと一緒に渦潮を見に行きたかったと思う」

と、さくらが、いった。

「どうして、ママは、鳴門の渦潮が見たかったんだ？　ママは、四国の生まれでもなかったし、四国で育ったわけでもないんだ」

「よく分からないけど、あの、大きな渦潮を見ていると、生きる希望が、持てると思ったんじゃないかしら」

と、さくらが、いう。

「俺はバカだ」

と、佐々木が、つぶやいた。

（どうして、亡くなる前に、妻を四国に連れていって、渦潮を見せてやらなかったんだろう？）

何度悔やんでも、佐々木は、悔やみきれなかった。

2

今回のさくらとの旅行は、何日かかっても構わないし、退職金を全て使い切ってしまってもいい。そんな気持ちで、佐々木は、一人娘のさくらを連れて、新幹線に、乗った。

途中の車内販売で、お弁当とお茶を購入して、二人揃って食べ始めた。二人分で三千円。

娘のさくらは、父親を見て、ニコニコしながら、

「おいしい」

と、いう。

さくらの、そういう笑顔さえも、今の佐々木には辛い。

高校一年生の今まで、佐々木は、娘と新幹線で、旅をしたことがなかった。死んだ妻の由美に対しても、同じだった。

家族や家庭よりも、仕事を優先する。それが男として当然だと、佐々木は、思っていたのである。

佐々木は、友人の一人から、いつだったか、

「お前も、少しは、家族サービスをしたほうがいいぞ」

と、忠告されたこともあった。

「俺にも、その気は、あるのだが、家族サービスをする時間が、なかなかなくてね。

いつか機会があったら、そうするよ」

と、佐々木は、いつも、そういって逃げていたのである。

佐々木が、家族サービスをやる気はあるのだというのは、妻の由美や娘のさくらから見れば、彼の逃げ口上にしか思えなかっただろう。

結局、佐々木は、家族サービスらしいことがないままに、妻を失ってしまったのだが、仕事を一生懸命にやること、それが、妻や娘を喜ばせることになるのだと、その頃の佐々木は、頑なに、思い込んでいたのである。

佐々木のそうした、頑固で一人よがりの生き方が、仕事の面にも現れて、先輩や仲間の刑事たちからは、

「あいつは、頑固者だから、仕事がやりにくくて困る」

という批判があることも、佐々木は知っていた。

しかし、佐々木は、犯人に対する検挙率の高さと、確実な仕事ぶりで、そうした批判の声を、抑え込んできた。だからこそ、三十二歳で警部補になり、妻の亡くなる前、三十六歳という若さで、警部になった。その時も、頑固者という批判は、消えなかった。

ただ、警部になってからは、たしかに、頑固だが、頭が切れて、優秀だといわれる

ようになった。将来を、嘱望されていたといってもいいだろう。

それから三年、今、佐々木は警視庁の刑事ではない。

二人を乗せた新幹線は、やがて新神戸に着いた。

改札口を出て、タクシー乗り場に向かって歩いていく途中で、さくらが、そっと手をつないできた。

（娘と手をつないで歩くのも、今日が最初で最後か）

佐々木は、小さな出来事の、一つ一つに、これまで、思ったことのない反省の気持ちになっていった。

タクシー乗り場は、観光客でかなり混んでいた。並んで順番を待つ。

その時、佐々木は、急に強い視線のようなものを背中に感じて、思わず振り向いた。

少し離れた場所に、自家用車の駐車場がある。その入り口近くに、クリームホワイトのベンツが、停まっている。車のそばに、背の高い男が、一人立っていて、こちらをじっと、見ているのだ。

（妙な男だな）

と、佐々木は、思った。

これが、現役の刑事の頃なら、相手をじっと、見返すのだが、今の佐々木には、そんなことをする気持ちの余裕はなかった。

そのうちに、順番が来て、佐々木は娘のさくらと一緒に、タクシーに、乗った。

「淡路島に渡って、洲本に行ってくれ」

と、佐々木が、いった。

二人を乗せたタクシーは、すぐ、高速道路に入っていく。

佐々木は、もう一度、後ろを、振り返った。

さっきの、白いベンツも背の高い男の姿も、視界から消えていた。

タクシーは神戸淡路鳴門自動車道に入っていく。そのあと、タクシーは巨大な吊り橋、明石海峡大橋を渡っていった。その橋を越えれば、淡路島である。

「こんな大きな吊り橋を見るのは初めてだわ」

と、さくらが、いう。

嬉しそうにいうのだが、その言葉も、今の佐々木には、どのようにも受けとれてしまうのだ。

今まででも、たった一日だけ休暇を取れば、妻とともここに来られたし、娘のさくらとも、来ることができたはずである。しかし来なかった。いや、考えることもなかったのだ。

吊り橋を走り切ると、高速道路上の橋には、「ようこそ淡路島へ」と書かれた、大きな看板が出てきた。

淡路島に入るとすぐ、サービスエリアがあった。

鳴門には、明日行くことにして、佐々木とさくらはサービスエリアで一休みすることにした。タクシーには、待っていてもらって、佐々木は、さくらと一緒に、瀬戸大橋の見えるカフェに入っていった。

サービスエリアの海辺に、大きな観覧車があって、ゆっくりと回っている。

のどかな天候のせいか、サービスエリアの駐車場には、ずらりと車が並び、家族連れが、思い思いに散策を、楽しんでいる。

カフェで一休みしてから、佐々木が、さくらに、

「さくらの写真が、撮りたいんだ」

と、遠慮がちに、いった。

妻の由美が死んだ時、彼女の写真が、あまりにも少なかったことに、佐々木は、愕然としたのである。だから、今は、さくらの写真を一枚でも多く、撮っておきたかったのだ。

その後、待ってもらっていたタクシーで、二人は、淡路島で、唯一の温泉が出る洲

本温泉の旅館に、向かった。

あの阪神淡路大震災の時、淡路島も神戸と同じように、大きな被害を、受けたのだが、その傷跡は、あれから二十年経った今は、一見したところ、どこにも、残っていなかった。

淡路島の中央部を走る高速道路に乗っていると、特に、その感が、強くなる。

「歓迎洲本温泉」のアーケードの下を通って、前もって予約をしておいたホテルニュー淡路に着いた。洲本温泉でもっとも大きなホテルであり、佐々木は、その中でも、いちばん贅沢な部屋を、予約しておいたのである。

広い部屋の外に、専用の庭があって、岩風呂のような、露天風呂がしつらえてあった。夕食の時間までには、まだ、二時間くらいの余裕があった。

「私は大風呂に入ってくるから、その間に、さくらは、露天風呂に、一人で入りなさい」

と、佐々木が、いうと、

「パパ、今日は、特別だから一緒に、入りましょうよ」

と、さくらが、いう。

「いや、それはダメだ。君は一人で、ゆっくり入るんだ」

佐々木は、叱るようにいうと、手拭いを持って、さっさと、部屋を出た。一階にある大風呂に行く。佐々木は、わざと、いつもより時間をかけて、ゆっくりと大風呂に入って部屋に戻った。

さくらは、すでに、浴衣に着替えている。

夕食は、一階の食堂ということになっているので、時間になると、二人は一階に、降りていった。

旅館が、気を利かせてくれたのか、いくつかある個室の一つに、

「佐々木圭様　さくら様」

と、書かれた札が、下がっていた。

二人だけの夕食の席で、ベテランの仲居が世話をしてくれたのだが、なぜか途中から世話を、してくれなくなった。

「仲居さんが来ないね」

佐々木が、いうと、さくらは、ニコニコ笑いながら、

「仲居さんの、ストライキかしら」

と、いいながら、佐々木の、ご飯をよそったり、彼が頼んだワインの栓を抜いたり、ワイングラスに、注いだりする。

「私も、ちょっとだけ飲みたい。いいでしょう?」

と、いって、さくらは、自分のグラスにもワインを、注いでいた。

その時になって、さくらは、佐々木はやっと、さくらが、仲居に断って、わざと来ないようにしたのだと、気がついた。

最後になるかもしれない、親子二人だけの旅を、自分が計画したのだが、自分が気を遣う前に、娘のさくらに気を遣わせてしまっているのだ。

3

翌日も晴天だった。

ホテルを出ると、昨日と同じタクシーの運転手を呼んでもらって、いよいよ大鳴門橋を渡って、四国に入ることにした。

大鳴門橋を渡ると、急に周囲の景色が変わってきた。

淡路島側は、全てが、大きくて現代的だったのに、大鳴門橋を渡ると、急に昭和初期のような小さな看板や土産物店が、並んでくる。渦潮観光船乗り場とか、瀬戸内海国立公園の看板も、出ていた。

「渦潮が、いちばん、よく見えるところに行ってください」

佐々木は、運転手に、いった。

「それなら、徳島県立の、渦の道というのがありますから、そこに、行きましょうか。観覧船もありますけど、渦の道では、手軽に、雄大な渦潮が見られますよ。少し怖いけど、構いませんか？」

運転手が、バックミラーに向かって、きく。

「大丈夫だよ。とにかく鳴門の渦潮が、見たいんだ」

運転手が、車で案内したのは、

「徳島県立渦の道」

と、書かれた場所だった。

入り口のところに、本日の渦潮の渦が最大になる時間が出ている。

その先に、事務所のような地味な建物があって、そこが渦の道の入り口だった。

改札口の先は、鳴門海峡に突き出した歩道になっている。

改札口の手前には、個人・団体の受付と待合所があるのだが、団体の客が大勢いて、半纏（はんてん）を着た係員が、団体の人数を数えたり、入り口に、案内したりしていた。

係員が、その団体客に向かって、しきりに、「シェーシェー」とか「ツァイツェン」といっている。中国人や台湾人の団体客が、渦潮を見るために、来ているのだった。

佐々木も料金を払って、さくらと、改札口を通った。その先は、二人が並んで、やっと通れる鉄骨の通路になっている。両側はガラスの窓で、それが、長い回り廊下を作っている。

タクシーの運転手が、いっていたように、少し、怖い感じだが、何しろガラス張りだから、眼下に海面が見えるし、渦もよく見えた。その上、床のところどころも、ガラス張りになっている。

ガラス張りを通してみる岩と海と渦は、迫力十分である。

よく見ると、

「ガラスの上では、とび跳ねないでください」

と、注意書きがされている。それを見ると、景色の素晴らしさに、感動して、ガラスの上でジャンプをしてしまう観光客がいるのだろう。

さくらは時々、廊下の途中で、立ち止まっては、ガラス張りの下の渦潮をじっと見つめていることがあった。

一時間近く時間をかけて、二人はゆっくりと、ガラス張りの廊下を歩いて回った。

途中、誰かの視線を感じて、振り返ると、一人の女性と、一瞬、目があった。彼女は、すぐに目を逸らすと、渦潮を見下ろした。

待合所に戻ってくると、相変わらず団体客や家族連れの客が多く、切符売り場の前に、行列を作っていた。

佐々木は、

「トイレに行ってくるから、どこにも行かないで、ここで待っていてくれ」

と、さくらに、いってから、トイレに向かった。

しかし、佐々木がトイレから戻ってくると、さくらの姿が、見えなくなっていた。

4

最初、佐々木は別に不安を感じなかった。

とにかく、一時間もかけて、ガラスの廊下を、歩いて帰ってきたのである。さくらも、おそらく、トイレに行きたくなったのだろう。

それに、待合所の雰囲気も、変わってはいなかった。盛んにおしゃべりをしている家族連れもいるし、あれこれと、お土産を、探して買っている、カップルもいる。どこを見ても、平和そのものの、楽しそうな光景だったからだった。

しかし、不安が、突然襲いかかってきた。トイレに、行ったと思っていたさくらが、いくら経っても、戻ってこなかったからである。

この「渦の道」は、「徳島県立」とあるから、半纏を着て接客しているのは、県の職員と見ていいだろう。

佐々木は、女性の職員を捕まえて、

「私の娘の姿が見えなくなったんです。ひょっとすると、トイレの中で、倒れているかもしれないので、見てきてくれませんか？」

と、頼んだ。

その女性の係員は、すぐに、トイレに走ってくれたが、戻ってくると、

「女性用のトイレを、見てきましたが、娘さんらしい女性は、見あたりませんでしたよ」

「それじゃあ、私の娘は、いったい、どこに行ったんですか？」

佐々木は、つい、強い口調になっていた。

「娘さんは、本当に、トイレに行かれたんですか？」

「私が、トイレに行って戻ってきたら、娘の姿が見当たらなかったんです。だから、

娘も、トイレに行ったんだろうと、そう思って、あなたに、見てもらったんですが、いなかったんですね？」

「ええ、いらっしゃいません。念のために、お聞きするんですが、娘さんは、どんな服装ですか？」

と、女性係員が、きく。

佐々木は、さくらの、身長や体重、着ているものなどを、説明した。

女性は、すぐ同じ半纏を着ている職員を呼んでくれて、

「何でも、この方の、娘さんがいなくなったんですって」

男の職員は、さして広くない待合所の中を、見渡して、

「本当に、どこにも、いらっしゃらないんですか？」

「ああ、どこにも、いないんです」

「先にお帰りになったということは、ありませんか？」

「そんなはずは、ないんです。これから徳島を、旅行するつもりにしていたんですけど、行き先は、まだ決めていないです。初めての徳島ですから、娘が一人で、先に行く筈はありません」

「娘さんは、初めて、この渦の道に、いらっしゃったんですか？」

「ええ、そうです。切符を買って渦の道のガラス張りの廊下を、一回りしてきました。それから、私がトイレに行って、戻ってきたら、娘の姿が、見えなくなっていたんです」

「お客さんも、ここには、初めていらっしゃったんですね？」

「そうです」

「ここは、徳島県ですが、徳島に、知り合いはいらっしゃらないんですか？　親戚とか、お友だちとか、そういう人が、いらっしゃれば、娘さんは、待合所で、その知り合いの人に、ばったり会われたりして、外でおしゃべりをしていらっしゃるんじゃありませんか？　そんな気がするんですが」

「いや、徳島には、知り合いは、一人もいませんし、私と娘は、初めて、ここに、渦潮を見に来たんです。ですから、私に黙っていなくなるなんてことを、娘がするはずがないんです」

佐々木の声が、だんだん大きくなっていく。

「もう一度、渦潮を、見に行かれたんじゃありませんか？　娘さんが高校一年生で、渦潮を、初めて見に来たとすると、もう一度、見たいと思ったかも知れませんよ」

男の職員は、改札口で、切符のチェックをしている別の職員を呼んでくれて、その

係員に、

「切符を、持っていなくて、もう一度、渦を見たいので、中に入らせてくれないかと、頼んできた、高一くらいの若い娘さんは、いなかったかね？」

と、きいてくれた。

「そういう娘さんは、いませんでしたよ」

「それじゃあ、娘さんは、もう一度、あらたに切符を買って、中に入って行ったんじゃありませんかね？」

職員の一人が、通路に入っていった。

佐々木には、さくらが、そんなことをするとは、とても、思えないのだが、万が一の場合を考えて、しばらく待ってみようと思ったが、我慢がしきれなくなって、自分の切符を買い、改札口を抜け、渦の道を走っていった。前と同じように、ぐるっと回ってみた。

しかし、さくらの姿は、どこにも、見当たらなかった。

5

「それにしても、娘は、いったい、どこに、行ってしまったんでしょうか？」

佐々木がつぶやきながら、眼をしばたたいた。

それに同情して、職員の一人が、

「この近くに、派出所がありますから、そこにいって、娘さんのことを話して探してもらったらどうですか？　ご案内しますよ」

と、いってくれたので、外を探すことにした。

渦の道を出て、坂を下ると、土産物店などの商店が固まっている一角があった。そこに、派出所があって、中年の警官が一人、机の前に座っていた。

佐々木は、その巡査長に、自分の名前と、東京の住所を伝えてから、娘のさくらが突然いなくなってしまった時の状況を、詳しく話した。

「どんな娘さんか、特徴を話してください」

佐々木は、途中のサービスエリアなどで撮った、デジカメのさくらの写真を、巡査長に示した。

「身長は百六十センチ、体重は四十五キロぐらい」

と、佐々木が説明するのを、巡査長は、最後まで、聞いてから、

「お父さんに、何か思い当たるようなことは、ありませんか？」

「そんなことは、私にも、分かりませんよ。少なくとも、娘が、自分からいなくなることは、考えられません。ひょっとすると、誰かが、娘を、誘拐したのかもしれません」

と、佐々木が、いうと、巡査長は、一瞬、

「そんなバカな」

と、口走ったが、あまりにも、佐々木が深刻な表情をしているのを見てから、あわてて、

「たしかに、ご心配でしょう。私一人では、探しようが、ありませんから、これから一緒に、徳島警察署に、行きませんか？　向こうで、事情を話してくだされば、何か、お役に立てるかもしれません」

と、いってくれた。

パトカーで、巡査長が、徳島警察署に、佐々木を、連れていった。

徳島警察署・生活安全課で、対応した若い刑事が、

「とにかく、捜索願を出してください。そのあと、こちらで探します」

佐々木は、すぐに、捜索願を出し、デジタルカメラで撮った、旅行中のさくらの写真のうち五枚を、生活安全課の刑事に、渡した。

すでに、周囲は暗くなっていた。

生活安全課では、さくらが、大鳴門橋を渡って、淡路島に戻っていることも考え、こちらは、神戸警察署に連絡してくれた。

その間、佐々木は、徳島警察署の近くにある旅館に、案内されて、ここで待機していることになったが、ばくぜんと過ごす気にもなれず、一人で、当てもなく、さくらを探し歩いた。

渦の道にも、何回も、行ってみた。

しかし、見つからない。

夜が明けてからも、丸一日、徳島警察署は、何人もの署員を、動員して、渦の見える場所を重点的に、探してくれた。

だが、さくらは、見つからなかった。

生活安全課の若い刑事は、

「今回の、娘さんの失踪（しっそう）について、お父さんに、何か、思い当たることはないのですか？」

今度は、まるで、佐々木に責任があるかのような質問をした。

佐々木は、思わずムッとして、

「私のせいで娘がいなくなったと思っているんですか？」

つい口調が荒くなった。

若い刑事は、慌てて、

「決して、そういうことでは、ありません。ただ、こちらとしても、娘さんが、なかなか見つからないので、困っているのです。それで、いろいろと調べました。佐々木さんは、警視庁の捜査一課に、おられたそうですね？」

「それが、どうかしましたか？」

「有能な刑事で、犯人を、何人も逮捕し表彰されたことも、あったと聞きました」

「だから、それが、いったい、何だというんですか？」

佐々木は自然に、いらいらしてくる。

「もしかしたら、あなたが、捕まえた犯人が、あなたのことをずっと、恨んでいてですね、今回、娘さんを誘拐したのではないかと、そんなことまで、考えてしまいましてね」

「そんなバカなことが、あるはずがないじゃないですか。それに――」

と、いった瞬間、佐々木の脳裏には、一つの画が、蘇っていた。新神戸駅で見た、白いベンツと、ベンツのそばに立っていた、男のことである。

若い徳島の刑事は、そんな佐々木の表情の変化にすばやく気付いて、

「どうしました？　もしかしたら、佐々木さんには、何か、心当たりがあるんじゃありませんか？」

「いや、何もない。思い当たることなんて一つもありませんよ」

「そうですか。もし、何か、あるんでしたら、正直に、いってください。こちらも一生懸命、あなたの娘さんを探しているんですから」

と、若い刑事が、恨みがましく、いうのだ。

佐々木は、万が一を考えて、ベンツのことを、話すことにした。

「思い当たることはないんですが、唯一気になっているのは、新神戸駅の近くで見た白いベンツと、そのベンツのそばに、立っていた背の高い男のことです。初めて見る顔でしたが、私のほうを、じっと見ているような気が、しましたね。それで、気になってはいるんですが――」

「その白いベンツのナンバーを、覚えていますか？」

「いや、覚えていませんね。ナンバープレートが、見えない角度だったんですよ」

「その男には、心当たりがあるんですか？」

「いや、白いベンツにも、男にも、全く記憶がない」

「しかし、唯一、気になっているのは、そのベンツと男なんでしょう?」

「そのことしか、ないんですよ」

「ベンツの男が、新神戸駅の駐車場にいたとすると、所轄は、神戸警察署ということになりますから、神戸警察署にも、連絡しておきましょう。調べてもらって、もし何か、分かったら、すぐに、連絡してくれるようにしますよ」

神戸警察署からの、連絡を待つということで、もう一日、佐々木は、徳島市内の旅館に、泊まった。

とはいっても、簡単に眠れるものではなかった。佐々木は、布団には、入ったが、眠れないので、今度の旅行中に、自分が撮った、さくらの写真を一枚ずつ見ていった。

その途中で、佐々木は、一枚のカットに涙ぐんでしまった。

そこにあったのは、洲本温泉に、泊まった時の写真である。一緒に、風呂に入りたいといったさくらの申し出を、断って、佐々木は一人で大風呂に、行ったのだが、あの時、さくらが自分で、撮ったのだろうか、さくらの裸身が突然、出てきたので、佐々木は一瞬、驚き、そして、涙ぐんでしまったのである。

さくらは、自分の命が、あと、半年しかないことを知っている。だから、あの時、一緒に、風呂に入ろうといったのかもしれない。

それを、佐々木が断ったので、自分で自動シャッターを使って、自分の裸の写真を撮って、それを父親にのこしたかったのか。そう考えて、佐々木は涙ぐんでしまったのだ。

佐々木は、しばらくの間、その写真を見続けていた。

6

翌日。

神戸警察署が、佐々木がいった、白いベンツと男のことを、調べてくれることになった。

一方、徳島警察署は、鳴門公園と、渦の道を、もう一度調べてみるというので、佐々木もそれに同行して、娘の足跡を探したが、一日が暮れても、さくらの消息は、つかめなかった。

その夜も、同じ徳島市内の旅館に、泊まった佐々木の、携帯が鳴った。

徳島警察署の若い刑事からの連絡かと思って、携帯を、耳に当てたのだが、聞こえてきたのは、あの刑事の声では、なかった。落ち着いた、中年の男の声である。

「佐々木圭さんだね？」

男が、きく。

「そうだが、あんたは？」

「私の名前は、どうでもいいだろう。そんなことより、こちらは、あんたの娘さんを預かっている」

「それなら、すぐに、娘を返せ」

佐々木は、携帯に、向かって、怒鳴った。

「ずいぶん苦労して、やっと、あんたの娘さんを手に入れたんだ。すぐに返すはずがないだろう」

「じゃあ、何がほしいんだ？　警視庁を辞めて、その時にもらった、退職金が、まだ半分残っている。それをやるから返してくれ」

「そんな、はした金を、もらったって仕方がない。金なら、ある。こちらが、あんたにやってもいいくらいだ」

「それじゃあ、いったい何が望みなんだ？　要求をいえ」

「あんたに、さし当たって一人、殺してもらいたい人間がいる。それが、こちらの要求だ」

「断る。人殺しなんて、出来るわけないだろう！」

佐々木が、いうと、電話の向こうで男が笑った。

「警視庁捜査一課の刑事だった頃、あんたは、二人の人間を、殺している。覚えている筈だ。なかなか鮮やかな殺し方だったじゃないか。それに、警察の射撃大会でも、優勝しているじゃないか。その、拳銃の腕を使って、殺してくれれば、いいんだよ。あんたにとったら、簡単なことじゃないか」

「私は、もう、刑事じゃない。拳銃も持っていない」

「それなら心配するな。あんたが、東京に帰るまでに、マンションに、拳銃を届けておく。もちろん弾丸もだ。それを使って殺せばいいんだ。簡単だろう？　さもなければ、あんたの娘さんは、寿命より少しばかり早く、死ぬことになるぞ」

「娘は、病気なんだ」

「そんなことは、もちろん、知っている。医者が、あんたに、あと半年の命だといった。半年といえば、長いよ。あんたが、こちらの命令どおり働かないと、半年よりも、ずっと早く、娘さんは、死ぬことになるんだ」

「いいか、これだけは、覚えておけ。娘を殺したら、お前を、殺してやる」

「おいおい、そんなに力まないほうがいいと思うがね。こっちは、あんたのことを、何でも、知っているが、あんたは、俺のことを、何も知らないはずだ。仇を討つことなんてできるはずがないよ。とにかく、大人しく俺のいうことを聞いてくれれば、娘さんは無事に、帰ってくるんだ。もし、お金が欲しいというのなら、娘さんに、お金をつけて返したっていいよ」

「金なんか、要るもんか。一刻も早く娘を、返さなければ、お前を、殺してやる」

佐々木が、繰り返すと、電話の向こうで、また男が、笑った。

「東京に帰って、こちらが、届ける拳銃の性能を、じっくり試してみるんだな。手入れの行き届いた、ちゃんとした拳銃だから、気に入るはずだ。あんたぐらいの腕前があれば、人一人くらいを殺すのは、簡単だろう？　よく考えてみてくれ。もう一度電話する」

それだけいって、男は、電話を、切ってしまった。

佐々木は、冷静に対応することが出来ず、後悔した。

7

娘のさくらを誘拐したという男の話は本当だろうと、佐々木は、思った。黙って、さくらが、失踪することは、絶対にあり得ないからである。

そんなさくらを、どうやって、犯人が、誘拐したのか分からなかった。

佐々木は、夜が明けると、徳島警察署に行って三日間の礼をいい、一度、東京に帰って思い当たる場所を、探してみると告げた。

新神戸から新幹線に乗った。

自宅マンションに着き、佐々木が2DKの和室に入ると、見たこともない、黒光りする、革のケースがテーブルの上に置かれてあった。

（これに、電話の男がいっていた、拳銃が入っているのか）

ケースの裏に、ナンバーが書いてあった。それにしたがって、ナンバーを押していくと、音を立てて、蓋が開いた。

ケースの中は、二重底になっていて、上にある雑誌をどけると、下から、サイレンサー付きの拳銃が現れた。

スミス・アンド・ウェッソン（S&W）である。弾丸も、ちゃんと入っている。

一瞬、佐々木は、これが、誰かのいたずらだったらいいなと、思ったが、もちろん、そんなはずはなかった。どう見ても、まごうかたないホンモノの拳銃だった。

手に取ってみる。ずしりとした、実銃の重さである。

よく見ると、全くの新拳銃ではなかった。すでに、誰かが使ったことのある、少なくとも一度は、使われたことのある拳銃なのだ。

（犯人は、以前にもこれを使って、誰かを射殺しているのだろうか？）

そんなことを考えている時、佐々木の、携帯が鳴った。

「いい拳銃だろう。お気に、召したかね？」

男の声が、いった。

一瞬、この部屋に監視カメラがついているのかと、辺りを見回したが、そんな気配はなかった。おそらく、このマンションの近くで、見張っていて、佐々木が、部屋の中に入るのを見ていたのだろう。

「娘は無事か？」

と、佐々木が、きいた。

「ああ、大事に、預かっている。元気だから、心配するな。こちらとしても、ビジネスをすませて、一刻も早く娘さんを、返してやりたいんだよ。だから、あんたは、こちらの要求に、大人しく従えばいいんだ。それだけのことだ。どうだ、簡単だろうが？」

「分かった。それで、いったい、誰を殺せばいいんだ？」

「決心してくれたか。ありがとう」

「そんなことは、どうでもいい。誰を殺したら、いいんだ？」

「警視総監」

「警視総監？」

「ああ、そうだ。今の警視総監、三村雄介だ。彼が、あんたのターゲットだ。三村警視総監の動静は、こちらで調べて、あんたに、知らせる。あんたは、いちばん、狙いやすい場所で、待ち構えていて、その拳銃で、三村総監を撃てばいい。極めて簡単なことだ。期限は、明後日からの二日間だ。六月三十日までに、三村総監を、殺してくれれば、娘さんは、すぐに返す。それは、約束しよう」

それだけいうと、今度も、犯人は、自分のほうから、一方的に、電話を、切ってしまった。

翌日の夕方、マンションの一階にある、郵便ポストを覗くと、手紙が入っていた。中は便箋が一枚。そこには、三村警視総監の明日から二日間のスケジュールが、細かく書き込まれていた。

三村総監は、五十歳。妻と独立している子供がいる。住所は、月島のマンションである。そこから、毎日決まったように、午前六時になると、迎えの公用車が来て、その車を使って、霞が関の警視庁に、出勤してくる。

何か特別の事件がないかぎり、午後六時には、警視庁を出て、朝と同じく、警視庁の公用車で、まっすぐ、月島のマンションに、帰ってくる。

三村警視総監の六月二十九日土曜日の予定は、二ヶ月に一回受けるという、健康診断がある。神奈川県相模原市にある中央病院で、午前八時から二時間の予定だ。その後は、霞が関の、警視庁に向かうことになっている。

二日目の、六月三十日には、これも、定期的に決まっているという法務大臣との夕食会が予定されていて、午後七時に、銀座のホテルT内にある料亭Sで会うことになっている。時間は、午後九時までの二時間である。

その後は、ホテルに警視庁の公用車が迎えに来て、いつものように、月島のマンションに戻る予定になっている。

これが、三村総監の、二日間のスケジュールになっている。最後には、犯人からと思われる、メッセージがのっていた。

「六月二十九日から三十日までの四十八時間以内に、三村警視総監を射殺すること。それが君に与えられた役目だ。

この命令に反対したり、失敗した場合は、娘の命はない。それだけは、覚悟しておくこと」

佐々木は現在、警視庁の刑事ではない。だからといって、三村警視総監を平気で撃てるわけでもなかった。

たぶん、犯人は、佐々木が、要求通りに、三村警視総監を、射殺したとしても、娘のさくらを、返すことは、まずないだろうと、佐々木は、考えていた。自分が犯人だとしても、自分の身の安全を考えて、人質は返さないと思うからである。

だからといって、佐々木が三村警視総監を、射殺することを拒否しても、娘のさくらは殺されるだろう。

こう考えれば、二日間のうちに、犯人を見つけ出し、誘拐された娘のさくらを奪回するしかないのだ。

今回の犯人が、どこの誰なのかは、分からない。したがって、犯人を見つけ出すのは、簡単なことではない。

新神戸駅で見た、白いベンツと、ベンツのそばに立っていた男、あの男が、今回の犯人かどうかは分からない。犯人かもしれないし、違うかもしれない。

もう一つ、大鳴門橋を渡ったところにある徳島県側の鳴門公園、そこにあった渦の道、そこで娘のさくらは、何者かに、誘拐された。とすれば、犯人は、あの待合所にいたことになる。

佐々木は、今回の旅行中に撮った、何十枚もの写真を全て、大きくプリントアウトすることから始めることにした。

被写体になっているのは、ほとんど、娘のさくらである。

もし、犯人が、娘の近くにいたとすれば、さくらと一緒に、写っている可能性もあるのだ。

大きくプリントされた写真は、全部で百二枚である。残念ながら、その中に、あのベンツと男の写真は入っていない。

そこで、佐々木は、記憶力を働かせて、一枚の絵を、描き上げた。あの白いベンツと男の絵である。

それを済ませてから、佐々木は、プリントアウトした百二枚の写真を、一枚一枚、ゆっくりと見ていった。

さくら一人だけを写したつもりでも、さくらの周りの人物が、写り込んでいる写真も多い。佐々木は必死になって、その中に、怪しい人物が、写っていないかを探した。

第二章　巨大な計画

1

さくらの写真を見終えた時、佐々木の携帯が鳴った。

電話に出ると、聞き覚えのある男の声がした。

「携帯電話は、使うなよ。外出する時は、置いて行け。変なヤツと連絡を取ったりされると、困ったことになるからな。いいか、タイムリミットは明後日(あさって)だぞ。分かっているだろうな？　急いでやるんだ」

と、電話口の男が、脅かすように、佐々木に、いった。

佐々木は、いわれた通り、携帯を置いて家を出ると、手を挙げ、タクシーを拾った。

運転手に、行き先を告げた。

佐々木は、バッグから手帳を取り出すと、揺れる車の中で、短い手紙の文章を書き始めた。

宛(あ)て先は、原田一郎。元警視庁刑事で、佐々木とちょうど同じ頃、警視庁を辞めた友人である。現在、原田は、S区に事務所を持ち、一人で私立探偵をやっていた。もっとも頼りになる友人だった。

手紙の頭には、原田一郎と書き、その下には、彼の携帯の番号を書いた。

手紙の文章は、次の通りである。


「何も聞かずに助けてくれ。

俺は、これから、タクシーでS区の繁華街に行く。

そこの、Kシネマに入り、映画を観(み)る。そして、二十時丁度に、映画館を出て歩く。

その時、俺を、いったい、どんな人間が尾行しているのか、それが、知りたいんだ。

別に、その人間を、どうこうする必要はない。ただ、その人間の身元以上に、できれば、誰が命令を下しているのかを調べてほしい。

どうして、君に、こんなことを頼むのか、今、その理由を、書くわけにはいかない。もう少し時間が経ったら、君に、すべてを、話せるようになる時が来るだろう。その時まで待っていてくれ。

申し訳ないが、くれぐれも、よろしくお願いする。

佐々木」

書き終えると、佐々木は、そのページを破いた。

佐々木を乗せたタクシーは、順調に、繁華街に向け、走っている。

さっきからずっと、一台の車が、佐々木の乗ったタクシーの後を、ついてきている。

犯人の尾行だろう。

しかし、タクシーに乗っている間、佐々木は、一度も後ろを振り向かなかった。どうせ、犯人が、こちらを尾行してくることは、最初から分かっていた。だから、わざと振り向かなかったのだ。多分、尾行しているのは小物で、背後に大物がいる筈なのだ。

今さら、小物の行動を気にしても仕方がないのだ。

友人の原田一郎が、映画館を出てから、自分を尾行している人間をマークしてくれれば、それでいいのである。

タクシーを降りる時、佐々木は、メモを札の間に挟んで運転手に渡した。このあと、メモの内容を、原田に伝えてくれるかどうかは、運まかせである。

佐々木はチケットを買い、映画館に入った。

客は、五、六分の入り、といったところだった。

佐々木は、座席に深く座ると、目を閉じた。

かなり疲労が溜まっているのが、自分でも分かる。それも、肉体的な疲労ではなく、精神的な疲労である。

目を閉じると、どうしても、娘のさくらのことが浮かんでくる。

今頃、さくらは、いったい、どこでどうしているのか？　いったい、どんな連中が、さくらを誘拐したのか？　元気にしているのだろうか？

いろいろな考えが、佐々木の脳裏で交錯した。

佐々木は、犯人を見つけたら、その場で、殺すつもりである。犯人が、自分と娘のさくらに対してやったことを、絶対に許すことはできないからだ。時間が経つにつれて、その気持ちは、ますます強くなっていった。

二十時になり、佐々木は映画館を出ると、まっすぐ前を見て、繁華街を歩いた。五分ほど歩くと、一階に出入り口のある中華料理店に入って、ラーメンとチャーハンを注文した。

腹が空いている。

佐々木は、そのことに少しばかりほっとした。もちろん、さくらのことは心配ではあるが、体のほうは別に弱ってはいなかったのだ。

わざと、店のいちばん奥のテーブルに座り、佐々木は、チャーハンと、ラーメンを食べはじめた。

佐々木は、目の端で、友人の原田が店に入ってきたことを、確認した。

原田がここに来たということは、タクシーの運転手が、メモを見てくれたのだ。タクシーを降りる時、伝言の紙を、少し奮発して、三万円で包み、それを運転手に、渡したのである。

実直そうに見えた、あのタクシーの運転手は、佐々木が願った通りのことを、間違えることなく、原田の携帯に電話して、伝えてくれたのである。

そして、この店の中にいる誰かが、佐々木を尾行して、ここまで来たということである。

（ここまでは、まずまずだな）

と、佐々木は、思った。

ラーメンとチャーハンは、わざとゆっくりと食べる。

今、店の中には、全部で十人の客がいた。このうち、佐々木と友人の原田を除けば、残りは八人である。男が五人、女が三人。

男三人と女一人で楽しそうに談笑しているグループと、女の二人連れもいれば、佐々木のあと、原田の前に入ってきた長身の男と、中年の男は、それぞれ一人で、黙々と食事をしている。佐々木が偶然入ったこの店に、先回りしていることは、不可能に近いから、この男たちが、一番怪しい。

誰もが犯罪とは無関係のような顔をしているが、少なくとも、この中に、犯人の仲間がいることは間違いないのである。

佐々木は、なるべく顔を動かさないようにして、眼だけで店の中を見回した。男五人のうち、若い男が四人、中年が一人。女性は、三人とも若い。おそらく二十代前半だろう。

食事を終えて、レジで、料金を払う。

店の出口のところまで来ると、佐々木は、わざとつまずいた。

と、原田に、いい、二人だけしか分からない合図を交わしてから、佐々木は、店を出た。

「あ、失礼」

いつの間にか、佐々木の上着のポケットに、丸めた紙が、入っていた。もちろん、中華料理店を出る時、原田が、入れたものである。

タクシー乗り場で、タクシーに乗り、佐々木は、自宅マンションに帰る。

本来なら、娘のさくらが、佐々木の帰りを待っていて、笑顔で、

「お帰りなさい」

と、いって、佐々木を出迎えてくれるはずである。

しかし、今日は、誰の声もしない。

佐々木は、ソファに腰を下ろし、上着のポケットに、原田が入れた丸めた紙を取り出して、広げてみた。

そこには、見覚えのある、原田の文字が並んでいた。

「年齢三十歳前後。身長百八十センチ程度。やせ型。メガネをかけ、黒の背広。ネクタイはしていない。左手薬指に指輪。黒のオニキスに白いTマーク」

丸めた紙に書いてあったのは、それだけだった。

佐々木は、原田のメモを二回繰り返して読んでから、さっき、ラーメン店で見た客の顔を、思い出していた。

佐々木と原田を除くと、あの時、店の中には男の客が、五人いた。一人は、明らかに五十代以上と思える中年の男だったから、原田のメモに該当する三十歳前後の男は、四人いたことになる。そのうち三人は、同じグループだった。

残りの一人は、たしかに、背の高い男だった。やはり、佐々木の後に入ってきた男だった。

佐々木の記憶では、佐々木が座っていたテーブルの、斜め後ろにいたはずだ。よく観察することは出来なかったが、原田のメモ通り、メガネをかけ、痩せていて、目つきの鋭い男だったが、あの男が、犯人の仲間なのだろう。そして、新神戸駅で、背広の色は黒で、ネクタイはしていなかった。

ベンツの横に立っていた男と、同一人物の可能性は高いと思った。

佐々木は立ち上がると、ドアの郵便受けを覗いてみた。今、かすかな音がしたのだ。郵便受けの下に、一枚の紙があった。

「まもなく今日一日が終わるぞ。

明日と明後日だ。

しくじると、娘が死ぬぞ」

その紙には、大きな字で、そう書いてあった。

犯人は大胆にも、この部屋の前まで、来たのだ。

佐々木はソファに腰を下ろし、煙草(たばこ)をくわえて、火をつけた。

どちらも、昨日、東京に着いてから、買ったものだった。

ここ二年間、娘のさくらとの約束で、佐々木は禁煙していた。それが、ひとりになってしまうと、がまんしきれなくて、セブンスターと、ライターを買ってしまったのだ。

灰皿がないので、キッチンから瀬戸物の皿を持ってきて、それを灰皿にした。

一服してから、原田のメモを、燃やしてしまう。

そのあと、じっと、部屋の中を見廻した。

(どこか、違う)

と、思った。昨日も感じた、違和感だった。

娘のさくらと一緒に、渦潮を見に出かけた時と、どこか違う。

何しろ、犯人は、この家に入り込み、拳銃(けんじゅう)を置いていったのだ。何か、細工をしているると、考えるべきだろう。

しかし、どこが違うのか、すぐにはわからなかった。

ソファや椅子も同じだ。テレビも同じ位置にある。

机の上にはパソコン。これは娘さくらが愛用している。

（隠しカメラか。隠しマイクか）

と、思った。

佐々木が、徳島から東京に戻るまでの間に、犯人が、この部屋に入って、隠しカメラか隠しマイクを、取りつけたのだろう。

（隠しカメラじゃないな）

と、思った。

さっき、ドアの郵便受けに、脅迫状というか督促状が入っていた。

もし、部屋に、隠しカメラを取りつけたのなら、あんな脅迫状は、必要ないだろう。

黙って、佐々木を監視していればいいのだから。

と、すれば、犯人は、どこかに、隠しマイクを取りつけたのだ。

隠しマイクだと、佐々木が黙っていれば何をやっているのか、わからない。だから、つい、あんな脅迫状を、郵便受けに入れておきたくなるのだろう。

佐々木は、隠しマイクは取りつけてあるが、隠しカメラはないと、断定した。少し危険かも知れないが、時間がなかった。特に誘拐された娘のさくらに、時間がないのだ。

だから、一か八かで、動くよりなかった。

佐々木は、刑事時代、隠しカメラやマイクについて、実習を受けていた。

その時に使った隠しマイクが、退職の時、返し忘れて、どこかに、放り込まれている筈である。

わざと、音を立てて押入れの中を探し回った。隠しマイクしか仕掛けてなければ、大きな音を立てた方が、相手が迷うからである。

時間をかけて、見つけ出した。

警視庁に返却するつもりで、箱に入れ「要返却」と、書き込んである。

取り出してみると、まだ動く。ソケットのように取りつけるものだから、電池の必要はなかった。

仕掛けるのは、簡単だった。犯人の方は、隠しマイクを、取りつけていれば、逆にやられるとは思わないだろう。

本棚の裏側に、隠しマイクを取りつけた。

そのあと、テレビをつけてから、二本目の煙草に、火をつけた。

ニュースの時間になった。

不思議なものだと思う。家族が一緒の時は、どんなニュースでも興味があった。亡くなった妻や、娘のさくらと、そのニュースを、話題に出来たからである。ところが、今は、船の沈没で、数百人が亡くなった大きなニュースでも、全く関心が働かないのである。

それでも、佐々木が、辛抱強く、ニュースを見ていたのは、警視庁の三村警視総監のことがあったからだった。

犯人は、佐々木を脅迫して、三村警視総監の殺害を命じている。それだけ、犯人は、三村総監を憎んでいるということなのだろう。

悪党だからといって、必ずしも、三村警視総監を殺したいと思うわけではない。第一、サギ犯や、風俗犯が、三村総監を意識したりはしないだろう。

殺人犯でも、警視総監が憎らしいといった人間に、佐々木は、会ったことがない。理由は、はっきりしている。犯人と警視総監が、直接対決することがないからである。

となると、警視総監が、憎悪されるケースは、限られてくる。

まず、政治がらみがある。警視総監ともなると、時々、政治的な発言をすることがある。

第二は、暴力団がらみである。「今年は××組を徹底的に叩(たた)いて、解散に持っていく」と、発言することがあるからだ。

カルト教団のケースもある。教団と警視総監の対決があれば、狂信的な信者が警視総監を狙(ねら)うこともある。

最後は、私的理由である。警視総監としての三村雄介が狙われるのではなくて、男としての三村雄介が、個人的に狙われるケースも、あり得るわけである。

どのケースで犯人は、佐々木を脅迫しているのか、今のところ全くわからないのである。

だから退屈でもニュース番組を見ているのだが、今日のニュースでは、これはというものは見当たらなかった。

佐々木は、ニュースが終ると、テレビをつけたままベッドにもぐり込んだ。犯人にニュースばかり見ていると、勘ぐられたくなかったからである。今は、犯人を刺激したくなかったのだ。

2

翌朝六時に起きると、佐々木は、自分の車を運転して、月島に向かった。

月島にある高層マンションに、三村警視総監は、妻と一緒に、住んでいる。

マンションから、少し離れた場所に車を停めて、佐々木は、マンションの入り口を、じっと見つめた。

黒い公用車が、三村警視総監を、迎えにやってきた。

現在の時刻は、六時五十分。予定通りの時間である。

やがて、三村警視総監が、秘書と二人で降りてきて、その公用車に、乗り込む。

三村警視総監を乗せた公用車は、時速六十キロくらいのスピードで走っている。それを尾行している佐々木の車も、同じく時速六十キロ。時々バックミラーに目をやると、一台の車が、同じ速度で、佐々木の車に尾いていた。

途中、東名高速を利用し、目的地の中央病院に、向かっていく。

中央病院の前で、公用車が停まり、病院の中に、三村警視総監が入っていく。

佐々木は少し離れた場所に車を停めて、病院の玄関の様子を、ながめていた。

二時間ほどして、三村警視総監が、病院から出てきた。待っていた公用車に乗り込むと、走り出す。車の進む方向から、これからの行き先は、予定通り、警視庁だろう。

佐々木は、少し先回りをして、警視庁の裏門の辺りに車を停めた。

少し遅れて、三村警視総監を乗せた公用車がやって来て、そのまま、中庭に入っていった。

佐々木は、犯人の見張りと思われる車が、少し離れたところに、停まっていることを確認した。

この時、佐々木が、不思議に思ったのは、なぜ犯人たちは、自分たちの手で、三村警視総監を、殺そうとしないのだろうか、ということだった。

現在、三村警視総監には、いつも秘書が一人ついているが、総理大臣をはじめ各大臣のように、ＳＰが常時ついているというわけではない。

一時、警視総監が狙われたことがあって、警視総監にもＳＰをつけるべきだ、というような話が出たこともあったが、

「自分は警察官である。だから、自分自身の身は自分で守る。ＳＰなどつけなくても大丈夫だ」

そういって、三村警視総監は、頑として、ＳＰをつけることを、拒否しているので

ある。

今朝も、三村警視総監は、月島のマンションの部屋から、秘書と一緒に二人で降りてきて、玄関先に、停まっている公用車に乗り込んでいる。

その間、玄関を出てから公用車のところに行くまでに、十数秒間の時間ができる。狙撃をするには、十分な時間である。それだけの時間があり、しかも、ガードするSPが、ついていないのだから、三村警視総監を、ターゲットにすることは、容易なことではないのか？

マンションの玄関から、百メートルほどのところに、一本の大きな木が立っている。その木の陰から、ライフルで狙えば、三村警視総監を一撃で、仕留めることができるだろう。

それなのに、なぜ、犯人たちは、自分たちではやらずに、佐々木に、やらせようとしているのか？

他の場所でも、狙うことが可能だ。

中央病院の場合も、同じなのだ。病院内でも、三村警視総監は、SPをつけず、秘書と二人だけで、病院内を動いている。だから、拳銃を持って、病院内に入っていき、廊下辺りで追いついて、狙撃することも、十分に可能である。三村警視総監は、健診のために二ヶ月に一度、定期的に、中央病院を訪れているというから、今回のように、事前にそのスケジュールを調べておけば、容易に、狙撃できるチャンスを、得られるはずである。見舞客は、自由に動いているから、花束の中に、拳銃をかくすことは可能だ。

しかし、犯人は、そうした方法を取ろうとはしていない。

佐々木は、自宅マンションに、帰ってきた。

郵便受けから夕刊を取り出すと、夕刊の間に、一枚の紙がはさまっていた。

そこには、大きな字で、

「あと一日」

とだけ、書いてあった。

3

佐々木は、仕掛けておいた隠しマイクの音声を、再生した。

盗聴されている恐れがあるので、佐々木は、イヤホーンをつけて、聞いた。

男二人の会話が、入っていた。やはり、自分の留守中に、何者かが、部屋に侵入していたのだ。

「佐々木はやりそうか？」

「半々だな」

「もし、佐々木がやらなかったら？」

「ボスは、それでもいいといっている」

「どうして？」

「ボスはこういってる。重要なのは、三村総監が死ぬことで、犯人は、誰でも構わないんだとね。佐々木が、裏切った場合に備えて、すでに三人のスナイパーを用意しているよと、ボスはいっている」

「それなら、最初から佐々木は必要ないじゃないか？」

「犯人として、必要なんだよ。それに、三村総監を、殺す必要があるが、英雄にしてはならないと、ボスはこれを一番心配していた」

「英雄になる心配もあるのか？」

「われわれが三村を殺して、逮捕されるのは、一番まずいんだ」

「その恐れがあるのか？」

「われわれの主張の一つは、非国民は、日本から追い出せということがある。三村は、それに反対しているが、少しずつ三村の温情主義に、反対する空気が、生れてきている。われわれの主張が、受け入れられてきているんだ。そんな時に、われわれの一人が、三村を殺してしまったら、三村は英雄になり、われわれの主張は、ポシャってしまう」

「ボスは、一番いいのは、どんな形で、三村を殺すことだと、いっているんだ？」

「一番いいのは、恥しい形で、三村が、殺されることだよ。女に溺れて、それが原因で、殺されるのが最高なんだ」

「しかし、今のところ、三村に女性問題は、起きていないだろう？」

「だから、それを作って、三村を殺すことを、ボスは、考えている」

「しかし、佐々木には、あと二十四時間しか、与えていない筈だろう？　その間に、三村に恥しい女性問題を、でっちあげられるのか？」

「今の時代、どんなストーリーでも作れるとボスはいっている」

「彼はどうしてるんだ？　ボスの片腕で、でっちあげの名人がいたんじゃないか」

「野沢明か？」

「そうだ。奴は、頭がいいし、もともと、シナリオライターだからね。それに、佐々木を使うことを、ボスに進言したのは、野沢明だと聞いてるから、何か考えているんだと思う。三村に、思い切りみじめな形で、死んで貰う方法をだよ」

「今から、二十四時間以内か」

「佐々木には、そういっている」

「本当にうまくいくのか？」

「明日は日曜日で、三村の奥さんは、京都の実家に行き、月島のマンションは、三村ひとりになる」

「それは、間違いないのか？」

「あのマンションには、われわれの同志も住んでいるから、間違いない。三村の妻、保子は、明日の午前十時東京発新大阪行の『のぞみ221号』の京都までの切符を買っている」

「そうか」

「京都の実家で夕食をとってから帰ってくることになっているから、帰宅は午後十一時頃になるだろう。つまり、午前九時頃から、法務大臣との、夕食会に向かう、午後六時までの九時間、月島のマンションには、三村がひとりでいるんだ」

「食事はどうしてるんだ？」

「それもわかっている。三村は、ひとりの時、昼食はマンションから歩いて七、八分のところにある、Sというフランス料理店でとるそうだ」

「外出するまでの予定は？」

「さすがに、そこまでは、わからない。おそらく、自宅で過ごすだろう」

「それだけでは、みじめな死に方には、ならないだろう？」

「しかし、ボスも野沢もニヤニヤ笑っていたから何かうまいストーリーを考えている筈だよ」


そこで二人の男の会話は終っていた。

佐々木は、考え込んだ。

ボスというのが誰なのか、わからない。

野沢明は、知っていた。

佐々木自身、彼に会ったことがあるからだ。

彼が、まだ、警視庁にいた頃、市民のための警察ということを、強調する標語を作ることになった。

それを考えたのは、今の三村総監で、その仕事を担当したのが、佐々木だった。

あまり、その世界のことを知らなかった佐々木は、若手で人気のあったシナリオライターの、野沢明に仕事を頼んだ。

そのあと、佐々木は野沢明と話し合ったのだが、気になったのは、野沢の考え方だった。

佐々木は「市民のための警察」という、三村総監の考えを伝えたのだが、その考えに、野沢が反対したのである。

「今の警察に必要なのは、市民に愛されるではなくて、市民に信頼される警察です」

というのだ。

「同じことでしょう？」

と、佐々木がいうと、野沢は、

「全く違います。今の警察は市民にバカにされています。甘く見られているんです。これでは駄目です。怖がられるぐらいの警察でなければ、いけません」

「怖がられたら駄目でしょう？」

「その考えが、間違っているんです。市民の本音は、いざとなったとき、優しい警察ではなくて、怖いか強い警察を求めているんです。もし犯人が、銃を持っていたら二時間も、三時間も犯人を説得する警察ではなくて、容赦なく犯人を射殺する警察を欲していたんです。そこを、警察はわかって貰いたいですね」

と、野沢はいい、二人の意見は、最後まで食い違った。

結局、佐々木の一存で、野沢を断わり、一般から募集することにしたのである。

その野沢明の名前が、突然甦(よみがえ)ってきたのである。

しかも、前よりも、更にギラギラする形で、現われたのだ。

もう一つ佐々木が引っかかったのは、三村総監を殺す方法だった。

殺しても、英雄にはしたくないので、みじめにだらしなく殺すという。

現在、三村総監の人気は、五分五分といったところである。

一ヶ月前、世田谷の住宅街で、若い女性を人質にして、中年の男が、立て籠(こも)る事件が起きた。

人質を犠牲にしてはならぬという三村総監の指示で、延々十時間にわたって、警察は犯人の説得に当った。

しかし、結局犯人は拳銃で人質を射殺し、自殺してしまった。

この事件では、三村総監の考えが批判の的になった。

犯人を射殺するチャンスは、いくらでもあったのに、とにかく説得しろと命令したために、人質の女性を殺してしまったと、非難されたのである。

この批判に対して三村総監は、こういった。

「私が考えたのは、人質の生命だけではなくて、犯人の生命も考えて、説得するように指示したのである」

ところがこの言葉も批判の的になった。

(そして、今度の事件か)

と、佐々木は思った。

単なる殺人計画では、なくなってしまったと、佐々木は思った。

明らかに、三村総監を殺して、まず警察を強力な組織にして、そこから日本国を作り変えていく。

(どうやら、単独犯ではないらしい)

これは、あるグループが、温厚な三村警視総監を排して、強固な意思の持主の、早川副総監を総監にして、手始めに、強い警察組織を作ろうと、考えているに違いなかった。

確かに、社会には、自由奔放な若者を嫌う人々がいる。

他国から批判されたら、断固として、反撃する。日本から追放すべきだと叫ぶ。国民全員で、万才を叫ぶ。そんな国家に憧(あこが)れる人たちが、一定数いることも確かなのだ。

だが、今は、幕末の頃ではないのだ。あの頃は、世界中が帝国主義で、植民地主義だった。

日本もである。

吉田松陰（よしだしょういん）も、勤皇の志士も、みんな帝国主義者で植民地主義だった。

吉田松陰も、その頃、朝鮮を植民地にし、中国に攻め込むべしと、叫んでいた。

明治になっても、福沢諭吉のような開国主義者でも、朝鮮は、日本の植民地にすべきだと、主張している。

石原莞爾（かんじ）たちが中国に、満州国を作りあげても、日本人の誰も非難はしなかった。国民の多くが、それを歓迎していたからである。

（今は違う）

と、誰もがいう。

しかし本当にそう思っているのだろうか？

戦後七十年。多くの国民が、平和にあきているのではないだろうか？

平和も、あきるのだ。

だから、政治家が、「日本人は平和ボケしている、このままでは、日本は亡（ほろ）びる。外国にバカにされたら、怒らなければいけない。戦いを怖がるな。バカにされたら、戦う覚悟をしろ！」と、叫べば、賛成の声があがるのである。

明らかに、あるグループが、日本改造を計画していると、考えるべきだろう。

優しい日本から、強い日本への方向転換である。

その計画に、犯人グループは、佐々木を、利用しようとしている。

そのために、娘のさくらを誘拐し、彼女を人質として、佐々木に三村総監を殺させようとしている。

だが、そんなに簡単な計画とは、思えなくなってきた。

（ただ単に、自分に、三村総監を、殺させようというのではないと、みた方が、いいのかも知れない）

少なくとも、娘のさくらを人質にとり、脅して、三村総監を殺させることが、最終目的ではないらしいと、佐々木は考えた。

（だとしたら、三村総監を殺さずに、娘のさくらを助けるには、どうしたらいいのか？）

4

佐々木は、もらい物のワインがあったことを思い出し、それを、取り出して飲んでいると、電話が鳴った。

相手は、友人の原田である。

「もしもし、田原か？」

と、わざと逆にしてきいた。

相手は、何も答えない。

そこで、佐々木は、

「佐々木は現在、留守にしております。大変申し訳ありませんが、十五分ほどしましたら帰ってきますから、もう一度、おかけ直しください」

と、いった。

これは、昔、刑事だった頃、二人で決めた約束だった。それを原田が覚えていてくれたらと思ったのだが、どうやら覚えていてくれたらしい。

「そうですか。それじゃあ、後でまたかけましょう」

そういって、原田は、電話を切った。

原田からの電話は、なかなか、かかってこなかった。

その代わり、深夜になってから、突然、佐々木のパソコンが鳴った。

それは、原田からのメールが届いたことを示すサインだった。もちろん、佐々木と原田が、送り合うメールは、すべて暗号である。

万一の時には、簡単な暗号を使って、連絡を取り合うことも、二人の間で決めていた。それを思い出してくれたのだ。

それは、戦争中、日本軍が使用していた暗号である。

例えば、「東京駅」は「私」であり、数字の「一、二、三」は「明日」という暗号になっている。簡単な暗号ではあったが、それでも解読するためには、暗号表がないと分からない。刑事時代に、それを使って、二人で遊んでいたことがあった。

そんな暗号が、数年ぶりに、原田から、送られてきたのである。

佐々木は、その暗号を一時間ほどかけて、普通の文章に直していった。

冒頭では、昨夜は、別の案件があり、例の男を、あれ以上尾行できなかったことを詫(わ)びてから、

「現在、政府の一部に、三村警視総監の方針に対して、批判的な空気が生れている。雲行きが、怪しくなっている。彼等は、政治的に穏やかな三村総監を更迭(こうてつ)し、強固な意見の持主である早川副総監を、トップに推そうとしている。俺は大反対だがな。君は、この動きに巻き込まれているのではないのか？」

三村警視総監は、穏やかな性格で知られている。現在は、政治情勢が、先鋭化しているが決して慌(あわ)てず騒がず、つねに冷静に対決しようとしている。

しかし、そんな温厚な三村警視総監の態度を、生温(なまぬる)いといって批判する人たちが、何人かいることを、佐々木も知っていた。

政治に対して、大衆運動で対抗しようとする動きを、機先を制して押さえ込めという声である。

特に現在の早川副総監は、

「どんなことに対しても、断固とした厳しい態度を取るべきである。現在の大衆は愚民である。このまま放置すれば、日本は危なくなる。文字通り、平和ボケのまま、滅びてしまうだろう」

と、機会があるたびに、叫んでいる。そういう人間が、現在の、副総監である。

だから、もし、三村警視総監が消えて、副総監が警視総監になったら、理由をつけて、大衆運動の弾圧に動くだろう。

警視庁の中には、そうなることを望んでいる人間が、少なくないことも、佐々木は、知っていた。

友人の原田が暗号でいう「雲行きが、怪しくなっている」というのは、おそらく、そのことを、いっているに違いないと、佐々木は、思った。

原田は、佐々木の尾行を、続けてくれるという。

佐々木に対して、三村警視総監を暗殺せよと命令してきた人間がいる。その人間は、おそらくグループなのだろうが、彼らが希望しているのは、もっと規律ある国家や、強い警察が支配する日本なのだ。

翌朝、佐々木が、目を覚まして郵便受けを覗くと、一枚の紙が入っていた。

そこには、

「あと二十四時間」

と、大きく書かれ、次のような言葉が添えられていた。

「もし、汝(なんじ)に勇気がないのであれば、われわれが、三村警視総監を殺して、強力な警察国家を確立する。

その時には、汝が三村警視総監を殺した犯人になるのだ」

と、書いてあった。

犯人からのメッセージを読みながら、佐々木は、

（いよいよ、覚悟を決めないわけにはいかなくなった）

と、自分にいい聞かせた。

第三章　狙撃

1

佐々木は、一つの賭けに出る決心をした。

今回の事件について、短い時間ながら、裏の事情が分かってきたからである。

最近、警察全体の空気が変わってきたことを、佐々木は、感じていた。簡単にいえば、国民の警察から国家の警察へと変わりつつある空気である。

佐々木のいた警視庁でも幹部の中に国家の警察の方が、本来の姿だと口にする者が多くなった。

佐々木が、警視庁を辞めたのは、そうした庁内の空気が、イヤになったからではなくて、あくまでも、妻の死や娘の病気のためだった。

そんな佐々木に対して、同僚で仲のよかった原田のほうは、明らかに、現在の警視庁の雰囲気がイヤになり、自ら辞表を出して、辞めたのである。

政治家の中でも、優しい日本より強い日本を目指す人たちが、多くなった。日本は、外に対して、強いことはもちろんだが、そればかりではなく、内に対しても強くなければならないと主張する。そう考える人たちにとって、警視庁のトップにいる三村警視総監は、明らかに、邪魔であり、目障りな存在なのだ。三村のモットーは、昔も今も国民の繁栄だが、それに反対する空気が強くなってきている。

佐々木は、そうした警視庁内の空気に対して不満があったから、辞めたのではないが、原田は、明らかに、反三村の空気が、いやになって辞めたのだと、佐々木は、理解していた。

原田は、三村警視総監の考えに賛成なのだが、それでもなお、警視庁を辞める気になったのは、たかだか自分一人では、三村を支えきれない、そんな気持ちになったからだろう。

佐々木は、そうした原田の気持ちに、賭けてみようと考えたのだ。

今でも、佐々木が三村警視総監を狙えば、原田は全力をあげて、それを阻止しようとするだろう。そう考えての、佐々木の決心だった。

今日の午後七時から、三村警視総監は、新しく法務大臣になった、池内代議士と、銀座のホテルTにある料亭Sで、夕食をともにしながら会談することになっていた。娘さくらを、誘拐した犯人が、佐々木に教えてきた、三村警視総監のスケジュールである。

今までの、法務大臣が内閣改造で辞めたので、新しい法務大臣と夕食を、ともにして、お互いの考えを話し合うのであり、恒例の会合だった。

民主国家では、三権分立が、建前になっていて、法務大臣は、内閣の一員だが、憲法問題については、中立を、信条としてきた。そこに、今回新しい法務大臣が、誕生した。どうやら、今までの、法務大臣に比べて、新法務大臣は、保守的な色彩のかなり強い大臣らしいと、ウワサされている。

佐々木は、今夕料亭Sで行われる、新法務大臣との、夕食の時に、三村警視総監を狙うことに決めた。

もちろん、佐々木には、本当に、三村警視総監を殺すつもりはない。時間を区切られている佐々木としては、連中から命じられるままに、警視総監を狙ったが、失敗してしまったことにしたいのだが、佐々木の行動は全て、犯人に監視されているから、うまく立ち回らなければ、逆に疑われ、娘のさくらが殺される恐れがあった。

佐々木は、犯人に対して時間かせぎをする一方、原田のことも視野に入れての行動である。今のところ、原田には、自分を尾行している人間を、調べてくれとだけしか伝えていないが、彼は、警視庁内での不穏な空気を知っている。

原田という男の気性から考えて、佐々木が、三村警視総監を暗殺しようとすれば、必ず、阻止しようとするだろう。

形として、三村警視総監を殺すつもりで狙撃したのだが、原田に妨害されて、結果的に失敗してしまった。佐々木は、そういう形に、持っていきたいのだ。

上手くいけば、犯人も、すぐに娘のさくらを、殺そうとはせず、もう一度、やらせようとするだろう。佐々木は、そう考え、それに、賭けてみようと思ったのである。

2

午前中に、銀座のホテルTに、部屋を予約しておいてから、佐々木は、午後四時になると、チェックインした。

三村警視総監と、池内法務大臣の会食は、一階にある料亭Sの特別室である。ここだけ、料亭から離れた場所になっている。

もちろん、現職の法務大臣である、池内代議士には、SPが最低でも、二名はつくことになるだろう。そのSPを、どうするかは、よく考えておかなければならない。

佐々木は、一階のロビーにあるカフェに入りコーヒーを注文して、ゆっくり飲むことにした。

広いロビーは、泊り客やそのほかの客たちで、半分ほどのテーブルが、埋まっていた。

その中には、間違いなく犯人たちの一人か二人がいて、佐々木を、見張っているはずだが、誰がそうなのか、まったく分からなかった。

佐々木は、ゆっくりと、時間をかけて、コーヒーを飲んだ。

午後五時を、五分ほど過ぎた頃、原田が、一人で入ってきて、入り口近くのテーブルに腰を下ろすのが、眼に入った。

原田も、カフェテリアに入った瞬間、奥のテーブルに、佐々木が一人で、座っているのを、確認したはずである。

（ここまでは、予定通りだ）

と、佐々木は、思った。

佐々木は、さらに一時間ほどして、カフェテリアを出た。

十階にある客室まで、佐々木は、わざと、ゆっくりエレベーターに乗り、廊下を歩いた。

敢えて、後ろを振り向いて、確認することはしなかったが、間違いなく、監視役が、佐々木を尾行しているだろうし、その後ろを、さらに、原田が尾行しているはずだった。

自分の部屋に落ち着くと、午後七時に、夕食を運んでくれるように、ルームサービスを頼んだ。

食事をしながら、バッグから拳銃を取り出した。

弾倉を抜く。

弾丸の先が、平たく削ってある。いわゆるダムダム弾にしてあるのだ。先端が平らだと、命中した後、被害者の体を、貫通せず、体内に残って、致命傷を与える。狙撃犯が、必ず使う弾丸なのだ。

その、平らに削った弾丸の先端を、佐々木は、ヤスリを使って丁寧に、丸めていった。

今日佐々木は、三村警視総監に弾丸を命中させる気はないが、それでも、万が一、弾丸が当たってしまった場合、警視総監に、致命傷を与えることだけは、絶対に、避けなければならない。

そこで、前もって、弾丸の先端を丸めることにしたのだ。これならば、命中したとしても、三村警視総監を、死に至らしめることは、ないだろう。

午後九時十分前、もう一度、ルームサービスを頼んだ。今度は、よく冷えたシャンパンと果物、それに、お祝いの花束を、添えてくれるようにと、いった。

佐々木は一度目のルームサービスを頼んだ時、九時前のルームサービスが、男性なのか、それとも、女性なのかを、確認した。

「午後八時以降は、男性のルームサービス係が、お客様のお部屋に、お伺いすることになっています」

と、相手が、いった。

佐々木がそれを、確認したのは、二度目には、男性のルームサービスが、運んできてくれることが、必要だったからである。

午後九時五分前に、ワゴンに頼んだものを乗せたルームサービスがやってきた。

運んできたのは、間違いなく、三十代の男性だった。彼が、いろいろと説明するのを黙って聞いていた佐々木は、いきなり拳銃で、男の後頭部を、殴りつけた。

ルームサービスの男は、何もいわずに、その場に、崩れ落ちた。

佐々木は、手早く白いユニフォームを脱がせ、それを、自分で着た。

その作業を、しながら、佐々木が、自然に苦笑していたのは、まさか自分が、こんなことをやる羽目になるとは、思っても、いなかったからである。

ルームサービスの制服に、着替えた後、佐々木は、鏡に映った自分の姿を、チラリと見て、ドアを閉め、ワゴンの上に、冷えたシャンパンと果物かご、お祝いの花束がのっているのを、確認してから、それを押して、エレベーターの方向に、歩いていった。

エレベーターで一階に、下りていく。問題の特別室は、一階である。

一階は、この時間でも賑(にぎ)やかである。

何人もの泊り客と、すれ違うが、制服姿の佐々木を、怪しむ者はいない。

佐々木は、まっすぐ、ワゴンを押して、特別室に、向かった。

特別室の前には、予想通り、ＳＰが二人、椅子(いす)に、腰を下ろして、警護に、当たっていた。

佐々木は、ワゴンを押していき、二人のSPに向かって、

「これは、池内法務大臣に、支配人からの、ささやかなご就任のお祝いです」

と、声をかけた。

案の定、SPの一人に、

「誠に残念ですが、夕食会は、すでに、終わっています。支配人からお祝いをいただいたことは、後で法務大臣に、報告しておきますので、これは、引き揚げてください」

と、いわれてしまった。

これは、佐々木が、予期していた応対だった。

「そうですか。それでは残念ですが引き返します」

と、佐々木は、いい、ワゴンをゆっくりと動かして、特別室から、少しばかり離れたところで、わざと果物かごを落とした。果物が散乱する。

慌(あわ)てて、それを、拾う振りをする。

特別室のドアが開いて、池内法務大臣と、三村警視総監が並んで出てきた。

佐々木は、しゃがんで、散らばった果物を拾いながら、SP二人と、池内法務大臣、三村警視総監、更にその向こうに続く通路に、目をやった。

何人かの団体客が、こちらに向かって、歩いてくる。その中に、原田がいた。池内法務大臣と三村警視総監は、特別室の前で、笑いながら、握手を交わしている。その時、近づいてきた団体客と原田の更にその背後に、男が一人、立ち止まって、こちらをじっと見ていることに、佐々木は、気がついた。

その男は、サングラスをかけ、マスクをしている。その手に、何か、光るものを見た。何かを右手に、持っているのだ。

一見したところでは、拳銃には見えない。

しかし、佐々木は、それが、最近アメリカで作られたという、最新式の自動拳銃だと、瞬時に認識した。

明らかに、三村警視総監を狙っているのだ。反射的に、佐々木は、しゃがんだまま、拳銃を引き抜いた。

瞬間、原田が、飛びつくように三村を、背後からその場に押し倒した。

同時に、佐々木が、拳銃の引金をひいた。

彼の視界の中で、問題の男の身体(からだ)が、はね飛び、その場に叩(たた)きつけられるのが見えた。

誰かが悲鳴をあげた。

反射的に、二人のSPが、振り返った。
佐々木に向かって突進してくる。
佐々木は、二人のSPに、向かって、ワゴンをけ飛ばした。
ワゴンは、倒れながら滑って、二人のSPに向かって、ぶつかっていく。
大きな音がしてSPの一人が、廊下に転がった。
その隙に、佐々木は、反対方向に向かって走った。
背後で、誰かが、大声で、何か叫んでいる。
佐々木は、ホテルの裏口に向かって走った。

3

佐々木は、ルームサービスのユニフォームを、着たまま、裏手の非常口から外に飛び出した。
非常口の辺りには、二人のホテルマンがいたのだが、あっけにとられた顔で、飛び出していく、佐々木を見送った。彼等には、ホテル内で、起きたことが、まだ、何も分かっていないのだ。

ホテルを、飛び出すと、そこは、銀座の、喧騒に包まれた通りだった。夜の九時を過ぎていても、人通りは、多く賑やかだ。

ホテルの、ルームサービスの格好で走る佐々木を、振り返る者はいても、怪しむ者は、誰も、いなかった。

佐々木は、タクシー乗り場に向かって走った。誰か、自分を追ってきている者がいるかどうかも意識せずに、走り続け、そこに、停まっていたタクシーに飛び乗った。とにかく、銀座から、一刻も早く、離れる必要があった。

「新宿。急いでくれ」

とだけ、佐々木は、いった。

タクシーが、走り出すと、佐々木は、ホッと、ため息をつき、目を閉じた。

長年の刑事の経験から、今は、さすがに興奮しているが、怖いとも恐ろしいとも思わなかった。

問題は犯人が、今夜の佐々木の行動を、どう見るかだった。

目を閉じた、佐々木の脳裏に浮かんでいるのは、特別室の入り口と、ホテルの広い廊下、そこに倒れているワゴン、散らばっているSPの椅子、握手をしている池内法務大臣と三村警視総監、団体客の背後から、明らかに三村警視総監を狙って、撃とうとしていた男、そして、原田の姿だった。

佐々木が、最初から、あの男を狙って撃ったと、連中が、断定したら、佐々木の裏切り行為に対する報復として、人質にしている、娘のさくらを、ただちに、殺してしまうかもしれない。その恐れは十分にあるのだ。

たしかに、佐々木は、あの男を撃った。しかし、その間に、池内法務大臣と三村警視総監もいたのである。

だから、佐々木が、狙った標的は、あくまでも、三村警視総監で、その弾が、外れて、その延長線上にいた、あの男に命中してしまった。

もし、連中が、そう、考えてくれれば、娘のさくらは、簡単には、殺されないだろう。そして、もう一度、三村を狙えと、命令してくるだろう。

佐々木は、もう一度、今日一日の、自分の行動を振り返ってみた。連中に、どう見えたかをである。

料亭Sの特別室で、三村警視総監と新しい法務大臣・池内が、午後七時から、夕食をともにすることは、犯人が自分に知らせていた。だから、佐々木も、午後四時に、料亭Sのある、銀座のホテルTにチェックインした。

ロビーの中のカフェで、一人でコーヒーを飲んだ。その時、カフェにいた客たちの中に、監視役がいたことは、まず間違いないと考える。
そこには、原田もいた。
まず、連中の見張りが、午後四時に、ホテルTのロビーの、カフェテリアにいる
佐々木をどう思うかである。
特別室で、池内法務大臣と夕食を取る予定の三村警視総監を、狙うために、同ホテ
ルのカフェテリアに、いたと思うだろう。おそらくこれは、間違いない。ほかに、
佐々木が、そのホテルに行かなくてはならない理由は、何もなかったからだ。
次に、佐々木は、十階の部屋に入り、七時になると、夕食を、ルームサービスで頼
んだ。
その後、午後九時十分前に、ルームサービスにシャンパンと果物かごと花束を頼み、
ルームサービスから奪ったホテルの制服を着て、特別室に降りていった。
このあと、食事を終えて特別室を出てきた三村警視総監に向かって、拳銃を発射し
た。しかし、原田が三村を押し倒したために、命中しなかった。
連中の監視役は、佐々木の今日の行動を、最初から最後まで、見ていたに違いない。
こんな佐々木を、連中は、どう見ていたのだろうか？　自分たちの要求通りに、
佐々木が動いたと見ただろうか？

ルームサービスに化けた佐々木の姿を見た時、おそらく、三村警視総監を、狙うつもりだと思ったに違いない。またそう思ってくれないと困るのだ。

しかし、新しい拳銃を持つあの男は、何をしようとしたのか？　佐々木が信用できないので、自分たちで、三村を殺し、佐々木を犯人に仕立てる気だったのか？

とにかく、ルームサービスに化けた佐々木が、午後九時過ぎに特別室に行き、食事会を終えて出てくる三村警視総監を、狙ったと、連中が、思ってくれないと、娘さくらの命が危いのだ。

佐々木は、そこまで、考えて、また小さく、ため息をついた。

佐々木を乗せたタクシーは、銀座から、新宿の喧騒へ入っていった。

新宿駅の東口で、タクシーを降りる。

佐々木は、自宅マンションに、すぐに、帰る気には、なれずにいた。少し歩いて、気持ちを落ち着かせてから、マンションに、帰りたかったのだ。

歩いている途中で、見かけた、小さなバーに入っていった。

佐々木のほかに、客はいない。カウンターの隅で、五十代に思えるママに、ハイボールを頼んで、ゆっくりと飲む。

その時、佐々木の携帯が、鳴った。

携帯を耳に当てたが、すぐには何もいわず、相手が何かしゃべるまで、わざと黙っていた。連中からの、電話かもしれないし、原田からの電話かも、しれなかったからだ。

携帯から、男の声が、聞こえた。

原田では、なかった。

「今日のミスは、許してやる」

と、男の声が、いった。

それに対して、佐々木は、わざと不機嫌な感じで、

「今もまだ、ホテルの、ユニフォームを着たままなんだ。これじゃあ、自宅マンションに帰りにくくて仕方がないよ」

「どうして失敗したんだ？」

咎(とが)めるように、男が、きく。

「食事が終わって、特別室から出てきた三村警視総監と、池内法務大臣が、ドアの前で笑いながら、握手をした。その瞬間を、狙って撃ったんだが、変な奴(やつ)が、三村を助けやがった。外れた弾丸が、どうなったのか、逃げるのが、精一杯で分からない。俺が逃げた後、現場は、どうなったんだ？」

佐々木が、逆に、きいた。

「お前の撃った弾丸で倒れた男は、病院に運ばれたが、死亡した。お前は立派な殺人犯だ。現在、ホテルTは、警察の人間で、一杯だ。何しろ、警察の、トップが狙撃されたんだからな」

と、男が、いった。

「それで、警察は、誰が、犯人だといっているんだ？ 俺か？」

「警察は、三村警視総監を狙ったのか、それとも、池内法務大臣を、狙ったのかは分からないが、いずれにしても、犯人は狙撃した後、ルームサービスの格好で、逃げているといっている。お前が、狙撃犯だということになっている。それは間違いない」

と、男が、いった。

「分かっているだろうが、俺は、警視総監を撃った。失敗したのは、俺のせいじゃない。だから、娘は、殺さないでくれ」

と、佐々木が、いうと、男は、

「もう一度だけ、チャンスをやる。また電話をする」

とだけいって、電話を切ってしまった。

連絡があるかもしれないと思っていた原田からは、まだ電話がかかってこない。原田は、あの現場で、三村を救う行動をとった。そして、元刑事である。これから、警察に、いろいろと聞かれることになるだろう。

「お客さん、大丈夫ですか？」

いきなり、カウンターの中にいるママに、声をかけられた。

たぶん、ママには、佐々木が、ひどく、疲れているように、見えたに違いない。

「お代わり」

と、佐々木が、いった。

新しく、グラスにウイスキーが注がれて、佐々木の前に、置かれた。

「お客さんは、どちらかのホテルの方ですか？」

と、ママが、きく。

たしかに、ユニフォーム姿の佐々木は、どう見ても、どこかのホテルの、従業員にしか思えないだろう。

「たしかに、俺は、あるホテルの、従業員だ。どうでもいいようなことで、上司に、叱(しか)られた。あまりに腹が立ったので、ユニフォームのまま、仕事を放棄して、ホテルを飛び出してきたんだ。もうクビになるに、決まっている」

佐々木が着替えた背広は、十階の部屋に、そのまま、置いてきた。身元が分からないように、わざわざ、昨日、新しく買ったばかりの、背広である。

今頃警察が、従業員から事情を聞き、十階のあの部屋から、佐々木の背広を見つけているだろう。

佐々木は、目立つ、ユニフォームの上着だけを、脱いで、丸めて、脇に抱えた。

そして、

「お勘定」

と、いい、余分に払って、その店を出た。

佐々木はコンビニエンスストアを見つけると、店の前のゴミ箱に、ユニフォームを投げ捨てた。

そして、タクシーを捕まえると、自宅マンションの場所をいった。

タクシーが、動き出すと、佐々木は、また、目を閉じた。今度は、疲れきって、眠くなったのである。

4

自宅マンションに帰ると、佐々木は、倒れ込むようにベッドに潜り込み、そのまま寝てしまった。

目を覚ました時には、翌日の、昼近くになっていた。

テレビをつける。

ニュースでは、昨夜の、ホテルでの銃撃事件が、どのチャンネルでも、繰り返し流れていた。

アナウンサーが、大声で、わめいていた。

「昨夜の、銃撃事件ですが、狙撃犯は明らかに、池内法務大臣か、三村警視総監のどちらかを、狙ったものと思われます。どちらも、日本の法律と秩序を守る、リーダーですから、それに対する攻撃かも知れません。幸いなことに、二人には、犯人の撃った弾は命中しませんでした。しかし、たまたま近くにいた男性に流れ弾が当たり、死亡しました。身元は、まだ判明しておりません。

日本の法律に対して、挑戦してきたとも見える犯人は、身長百七十五、六センチ、痩せ型で、ホテルのルームサービスの制服を、着ていました。昨夜、事件の起こる前、この犯人は、ルームサービスを頼み、シャンパンと果物、それに、お祝いの花束を、持ってこさせました。運んでいったルームサービスの後頭部を、殴って気絶させ、ルームサービスに、変装して、特別室から出てくる法務大臣と警視総監を、拳銃で狙ったと警察は見ています。

犯人がチェックインした十階の部屋には、犯人が、着ていたと思われる背広が、脱ぎ捨てられていました。しかし、警察が調べたところ、この背広は、有名な安売り店で、大量販売しているものを買ったと思われ、背広の線から、犯人を割り出すことは、難しいのではないかと考えられます。なお、犯人の似顔絵が作られ、警視庁捜査一課が、それを発表しています」

その後、テレビの画面一杯に、警察が発表した、狙撃犯の似顔絵と、称されるものが、大きく、映し出された。

しかし、その似顔絵は、たしかに、佐々木本人に、雰囲気は似ていないこともなかったが、顔のパーツを較べると、決して似ているとはいえなかった。

その似顔絵を見ながら、佐々木は、

（この程度の似顔絵だったら、外を歩いていても、大丈夫だ。すぐには、警察に連絡

されることはないだろう）

と、自信を持った。

佐々木は顔を洗い、買っておいたミネラルウォーターを飲み、その後で、ドアの郵便受けを、見に行った。

連中からの、指示が書かれたメモが、入っているのではないかと、思ったのだ。しかし、そういうものは、入っていなかったが、なぜか、真新しい携帯電話が一台、入っていた。

連中は、何度となく、佐々木の携帯に電話をしてきている。だから、佐々木の携帯の番号は、もちろん、知っているはずである。従って、連中が、こんなことをするとは、思えなかった。

（この携帯は、誰が、いったい何のために、わざわざ、郵便受けに入れておいたのだろうか？）

佐々木が、そう思った時、携帯が、鳴った。

佐々木はテレビの音量を上げてから、通話ボタンを押した。

「佐々木だな？」

と、確認するような声が、した。

聞き慣れた、原田の声である。

ホッとしながら、佐々木は、声を潜めて、

「この携帯、君が、用意しておいてくれたのか？」

「そうだ。君は、今、何かの事件に、巻き込まれているんだろう。だとすれば、君の携帯に、電話をするのは危険だと思って、昨夜のうちに、新しい携帯を用意して、そちらの郵便受けに、入れておいたのだ。その携帯なら、使っても安心だ。だから、自由に話してくれ」

と、原田が、いった。

「昨日の夜、君も、銀座のホテルTにいた」

「いたよ。君を、尾行する人間がいるかどうかを調べていたから、当然、ホテルにも行った。そして、君がやったことをすべて見ていた」

「それなら、昨夜のことは、全部知っているだろう。実は、俺は、ある連中から、脅かされて、三村警視総監を、殺せと指示されている」

「それも大体、想像が、ついた。そんなことじゃないかと、思っていた。君の娘さんが、人質に、取られているのか？」

「ああ、そうだ。旅行先で、誘拐されてしまった」

「それで、娘さんは、大丈夫なのか？　無事でいるのか？」

「今のところ、危害を加えられていないと思う。俺は、三村警視総監を撃てと命令された。昨夜は、連中の指示通りに、一応、三村警視総監を、狙ったふりをして、はじめから、外すつもりだったんだ」

「そのことも、分かっている。君を、脅かしているのは、どういう連中なんだ？　心当たりはないのか？」

と、原田が、きく。

「詳しいことは、まだ分からない。最初は、個人的に、三村警視総監に恨みを持っている奴の仕業かと思っていたが、違っていたようだ。君からの報告と、部屋に仕掛けた盗聴器で聞いた、犯人グループの会話から、連中は、警察を国民のための警察ではなくて、国家のための、警察にしたいらしい。だから彼等にとって最大の邪魔者が、三村警視総監なんだ。何とかして、総監を、暗殺したいと考えている。しかし、犯人が自分たちでは、困るので、俺を犯人に仕立てたい、と思っているようだ」

「君は、娘さんが人質になっているんだろう？」

「そうだ」

「だったら、どうすれば、娘さんを、助けられるか考えなくてはいけないな」

「たしかに、今の俺のいちばんの心配事は、娘のことだが、連中にとっては、娘を殺すことが、目的ではなくて、今もいったように、三村警視総監を、俺に殺させることが目的なんだ。そこで、昨日は、ちょっとした賭けをしてみたんだ」

「ちょっとした賭け？」

「俺が、三村警視総監を狙う。君は、それを、邪魔しようとするに違いない。そう考えての一つの芝居を、やってみたんだ。六月三十日までに、俺が三村警視総監を、殺らなければ、娘を殺すといわれていたからね。それで、一応、警視総監を狙うことは、狙うが、邪魔が入って失敗したことにすれば、娘が殺されるリミットが、少しは、延びるだろう。そう考えての芝居だったんだ」

「なるほど、そういうことか。それなら、俺が、見ていた限りでは、その芝居は、成功したと思うね」

「そう思うか？」

「大丈夫だ。ところで、君の撃った弾丸で死んだ男だが、知っている顔か？」

「いや、知らない男だ。俺が、あの瞬間に拳銃を撃ったのは、あの男が、新型の拳銃で三村警視総監を、狙ったと思ったからだ。男の持っていた拳銃は、おそらく、警察が押収している筈だ。しかし、君が、とっさに三村警視総監を守ってくれたので、連中に、疑われずに済んだ」

「ああ。俺も、君が撃ったんだから、ただの利用客ではないと思っていたよ。死んだ男の身元が分かったら、君にすぐに報告する。とにかく一刻も早く娘さんを、無事に助け出すんだ。それがいちばんだ」

と、原田は、いった。

5

もう一度、佐々木は、テレビのニュースに目をやった。

あるテレビ局が、少し見方を変えて、今度の事件に触れていた。

まず、アナウンサーが、

「誰もが、問題にするのは、犯人が、池内法務大臣と、三村警視総監の、どちらを狙ったのか、ということでしょう。それを、どうお考えになりますか?」

と、疑問を、持ち出した。

それに対して、世間では、「色物」と見られているある評論家が、こんな解説を、していた。

「何しろ、池内法務大臣は、先日の内閣改造で、新しく、法務大臣になったばかりの人物です。池内法務大臣が、なぜ、新しい法務大臣に就任するかを考えると、今回の狙撃事件については、いろいろと、うがった見方を、することができます。現在の内閣では、総理大臣も、官房長官も、一貫して、強い国家を目指しています。それに、対して、今までの法務大臣は、頑として、憲法の解釈を変えずに、強い国家よりも、優しい、豊かな国民を守ることを明らかにしていた。

そこで、突然、内閣の改造が、行われて、今回、池内代議士が、新しい法務大臣に、就任しました。池内代議士は、前々から、総理大臣や官房長官と、同じ意見、つまり、優しい国家よりも、強い国家、優しい国民よりも、強い国民を目指したいと、選挙演説でも、訴えています。その、池内代議士が、新しく法務大臣になったのです。

昨日、銀座のホテルで、池内法務大臣と、三村警視総監が夕食をともにしながら、初めての会談を、行いました。池内法務大臣は、強い国家が、理想と考えている大臣です。それに対して、三村警視総監のほうは、これも、よく知られているように、国民のための、優しい警察を標榜(ひょうぼう)し、国家のための強い警察には、否定的な考えを持っています。それほど、この二人は、意見が食い違っているのです。

これでは困るので、法務大臣の池内代議士は、会食の席でも、三村警視総監に、それを訴えたと思われます。池内法務大臣は、前々から、三村警視総監の、国民のための優しい警察という考え方に、否定的な意見を、持っていたので、三村警視総監を、説き伏せようとしたのか、自分の意見を、まず、警視総監に押しつけようとしたのかは、分かりませんが、もし、池内法務大臣が、三村警視総監に対して、手始めに、ガツンとやっておこうとしたのなら、昨日の狙撃事件で狙われたのは、明らかに、三村警視総監のほうだということになります。

今回、池内法務大臣は、警察庁の長官、あるいは、警視総監などは、法務大臣である自分と、意見を同じくする者を育てたいんだと思います。いずれにしても、今後、この二人の、動向には、注意を払う必要がありますよ」

色物の評論家らしく、物騒な意見をいっていたが、佐々木には、あながち、空想とは思えなかった。

ほかのニュース番組では、法務大臣と警視総監を結ぶ内容はなくて、狙撃犯は、いったい何者で、現在どこに、潜伏しているかを、同じように扱っていた。

佐々木が、昨夜、立ち寄った新宿のバーまで紹介されて、あの五十代と思われるママも、テレビに、出てきて証言していた。

「ホテルの制服姿で、突然、店に、飛び込んできたので、印象に、残っているんです。

上司とケンカをして、制服のままで、ホテルを飛び出してきたともいっていましたが、何となく様子がおかしいなと、思っていたんですよ」

ママが、いう。

その上、彼女もまた、警察に協力して、新しい犯人の、似顔絵が作られていた。

しかし、描かれた、似顔絵は、先ほど映った似顔絵と、同じように、佐々木には、あまり似ていなかった。そのことが佐々木をホッとさせた。

（しかし、ホテルTには、SPの他にも、警察官が多くいた筈だ。自分を知っている者がいたとしても不思議ではない。いずれにしても、このマンションには、いられないな）

佐々木は、気を引き締めた。

そして、連中はまた、三村警視総監を暗殺するようにと、要求してくるだろう。それまでに、誘拐された、娘のさくらを助け出すことが、佐々木に、はたして、できるのだろうか？

それからは、各テレビ局とも、ドラマやバラエティ番組になった。

第四章　殺人現場の確定

1

六月三十日の夜、ホテルTで起きた法務大臣と警視総監の狙撃(そげき)事件は、日本全体に衝撃を与えたが、中でも強い衝撃を受けたのは、警視庁である。

都心のホテルTの中にある料亭で、夕食をともにしながら、日本の将来を話し合っていた池内法務大臣と三村警視総監の二人が、会食を終えて出てきた途端に、あろうことか、狙撃犯に命を狙(ねら)われたのである。警視庁が衝撃を受けたのも当然のことだった。

幸い、二人とも命に別状はなかったが、その代わり、狙撃犯の仲間と思われる男が一人、死亡した。

マスコミには、その男が、拳銃を持っていたことは発表していなかった。

もう一つの問題は、池内法務大臣と三村警視総監の命を救ったのは、大臣の警護に当たっていた二人のSPではなかったことである。たまたまホテルTの現場に居合わせ、何か不穏な空気を感じたという元警視庁捜査一課の警部、原田一郎が取った、いわば、とっさの行動のおかげだったのだ。

この事件の捜査を命じられた十津川は、事件の二日後、原田一郎に警視庁まで来てもらって、詳しい話を聞くことにした。

原田一郎は、十津川から見れば、一年後輩であり、もちろん、警視庁時代の彼のことはよく知っていた。一緒に事件の捜査に当たったこともある。

当時、原田一郎は優秀な成績の刑事で、警視庁が扱った、いくつかの難事件を解決に持っていった実績の持ち主だった。そのため、将来の幹部候補といわれていた刑事の一人でありながら、ある時突然、原田は警視庁に辞表を出して退職し、現在は一人で、私立探偵をやっていた。

「池内法務大臣と、ウチの三村警視総監から原田さんに感謝の言葉が出され、それを原田さんに、お伝えするようにと、いわれております」

と、まず、十津川が、いった。

原田は一期後輩だが、現在は民間人だから、そのつもりで、十津川は、丁寧な言葉を使った。

原田が、微笑した。

「たまたま、私は、その場におりました。何となく危ないなという雰囲気がしたので、とっさに、三村警視総監を体で庇ったようなもので、お二人が助かったのは、本当に偶然ですよ。それに、感謝の言葉など、私には、似合いません。お二人には、十津川さんのほうから、感謝の言葉をいただいて私が喜んでいたと、そのようにお伝えください」

と、原田は、いう。

「分かりました。お伝えします。それにしても、もし、あの場に、原田さんがいなかったら、池内法務大臣と三村警視総監の二人が、どうなっていたか、それを考えると、冷や汗が出ます。二人の命が無事だったのは、原田さんのおかげです。われわれも、本当に感謝していますよ」

「十津川さんから、そんなふうに、いっていただいて恐縮です。私も、かつてお世話になった警視庁に、少しは、お役に立てて嬉しく思いますよ」

「ところで、原田さんは、どんな用事で六月三十日の夜、ホテルTにいらっしゃったんですか？」

と、十津川が、きいた。

「十津川さんも、ご存じと思いますが、警視庁を辞めてからずっと、私は、個人で私立探偵をやっているものですから、警視庁にいた時のように食堂を利用することができないのですよ。この年で、ひとり暮しなので、自分で、食事を作るのも面倒くさいので、時々、ホテルTや、ほかのホテルに行って、食事をしています。一昨日は、ホテルTで食事を済ませた後、ホテルの中のバーで、軽く一杯やってから帰ろうかなと思って歩いていて、偶然あの事件にぶつかりましてね。ああいう形になりました。それだけの話です。特にホテルTに用事があったというわけじゃありません」

と、原田が、話す。

「実は、現場で死んだ男なのですが、彼も発砲して逃亡した犯人と同様に、法務大臣か警視総監を狙撃しようとしていたようなのです。現在、その身元を洗っているのですが、運転免許証のようなものは持っていなかったこともあって、なかなか身元が分かりません」

と、いってから、十津川は、男の写真を、原田に見せた。

「原田さんは、この男をご存じですか？」

原田は、その写真を、ちらっと見てから、首を横に振り、

「いや、まったく知りませんね。本当に、この男が、法務大臣や警視総監を、狙ったんですか？」

と、きく。

「男は、拳銃を持っていましたから、偶然、その場にいたということは、まず考えられないのですよ。ただ、この男は、逃走した犯人に狙撃されて死んでいます。最初状況を聞いた時は、てっきり、法務大臣についている二人のSPのどちらかが射ったのだろうと、思っていたのですが、二人とも、とっさのことだったので、拳銃を射つ時間はなかったと、いっているし、実際射っていませんでした。狙撃犯を射ったのは、逃走した犯人ですが、もしかして、原田さんは、この男を、ご存じなんじゃありませんか？」

「私も、たまたま、現場を通りかかったので、そこに狙撃犯がいたことも知りませんでしたし、この写真の男が、狙撃犯だったということも、まったく、知りませんでし

た。ただ、その場の雰囲気が、何となく緊張していたので、直感的に、ああ、これはまずいなと思って、目の前にいた警視総監を助けようと、とっさに、飛びついただけのことです。ですから、死亡した狙撃犯を射った人間については、何も、見ていませんし、分かりません」

「実は、この場にもう一人、元警視庁捜査一課の刑事だった佐々木圭さんがいたという話があるのですよ。現場にいた、複数の警察官の証言があるのです。彼はなぜかその時、ホテルの従業員のユニフォームを着て、走り去ったというのです。もちろん、佐々木圭さんのことは、ご存じでしょう？　たしか、原田さんは在職中、佐々木圭さんとは仲がよかったですよね？」

　と、十津川が、きいた。

「もちろん、よく知っています。佐々木とは、同期で警視庁に入庁していますから、仕事の後で飲みに行ったりもしましたし、仲がよかったですよ。しかし、私が、警視庁を退職してからは、個人的に、特に、親しく付き合っているわけじゃありません」

　と、原田が、いう。

「ホテルTの、あの現場に、佐々木圭さんがいたという話は、何人かから、聞いているのです。しかし原田さんは、佐々木さんを見ていない？」

「いや、佐々木は、まったく見ていませんよ。私が見ていたのは、法務大臣と警視総監のお二人だけです。そばに法務大臣のSPがいたことさえまったく、気がつきませんでした。とにかく、お二人が、狙われていると思って、とっさに、飛びついて、廊下に押し倒したんですよ。立っていたら、射たれてしまうと思いましてね」

「よく分かりました。もう一つ、原田さんに質問があるんですよ。一昨日のあの現場で、狙われたのは、池内法務大臣と三村警視総監の二人だと、そういう考えが多いのですが、私は、本当に狙われたのは、そのどちらかであって、犯人は、二人を同時に狙うつもりはなかったのではないかと思っているんですが、原田さんは、その点を、どう、考えますか？」

「そうですね、法務大臣は、法律を作って、日本の国と、日本の国民を、守っています。警視総監のほうは、実務で日本の国と、日本の国民を守っています。どちらも、仕事としては同じことですから、お二人のことを憎んでいるか煙ったい人間がいて、二人のどちらでもいいから殺してやろう。できれば、二人とも射ってやろうと思って、拳銃を抜いたバカな男がいたのではないかと、私は、そんなふうに、考えますね」

と、原田が、いった。

「そうですか、犯人は、どちらか一人ではなく、二人を狙ったと、原田さんは、考えるわけですね？」

「私は、そう思っています。ただ、私は元刑事ですから、思わず、三村警視総監を庇ってしまったんです。十津川さんは、どう考えているんですか？」

と、逆に、原田が、きいてきた。

「正直にいいますと、私には、その点が、まだ分からないのです。犯人が、どちらか一人を狙ったのか、それとも、二人を同時に狙ったのか、その判断が、できずに困っています」

と、十津川が、いった。

「そうですか。たしかに、あの状況では、どちらなのかを決めるのは、難しいかもしれませんね」

「原田さんには、われわれの捜査に、ぜひ、協力をしていただきたいのです。それで、あの現場に、誰と誰がいたのか、それぞれが、どんな位置関係だったのか、それを知りたいと思い、現場の見取り図を描いておいたので、ご覧になってください」

十津川は、自分で描いた現場の見取り図を、自分と原田との間に置いた。

「ヘタな絵で恐縮ですが、長さや広さはきちんと、正確に測って描いてあります。ここに料亭Sの特別室があります。この特別室の前に、食事を終えた法務大臣と警視総監が出てきて、立ち話をしていました。この二人から少し離れた地点に、SPが二人、待機していました。ですから、全部で、四人の男が、特別室の前にいたわけです。その直後、原田さん、あなたが、ここに立って話をしていた警視総監に、飛びついて、守ろうとされた。

そして、このグループから、七・五メートル離れた通路上に、男が一人俯せに倒れていました。プラスチック製の拳銃を持っていたので、この男が、法務大臣か警視総監を狙撃しようとして、現場にいたことは、まず間違いないと思うのです。この六人が、現場にいました。ところが、実際には、もう一人いたのですよ」

「つまり、この狙撃犯を、射って逃走した犯人ですね?」

「その通りです。射たれて、死んでいた狙撃犯ですが、彼の身体に残っていた弾丸の突入角度から考えると、彼を射った犯人は、原田さんや法務大臣などがいた特別室の前から、三メートル離れた場所で、立ってではなく、しゃがんだような低い位置から、狙撃犯を射ったとしか思えないのですよ。死んだ狙撃犯の体内から弾丸を、摘出しましたが、年式の古いスミス・アンド・ウェッソンの拳銃が、使われたらしいとわかりました」

「年式の古いスミス・アンド・ウェッソンですか」

と、さすがに、元警視庁の刑事らしく、原田が、興味津々といった顔で、十津川に、いった。

「簡単にいえば、中古品です」

と、十津川は、いった。

「Xという人間は、中古品のスミス・アンド・ウェッソンを使って狙撃犯を射殺したのです。それで、原田さんに、もう一度お聞きしますが、法務大臣と警視総監が立ち話をしていた辺りに、誰かもう一人、拳銃を持った人間を、見ませんでしたか？」

「いや、まったく、見てませんね。もしかしたら、そういう人間がいたのかも知れませんが私は、気がつきませんでした。たしかに、十津川さんが、いわれるように、状況から考えれば、逃走犯を見ていても、おかしくない、いや、見ていなければおかしいと思いますが、申し訳ないが、見ていないのですよ」

「この逃走犯が、実は、佐々木圭さんではないか、という人がいるのですが、どう思いますか？」

「さっきも、佐々木の名前をいわれたが、私は見ていませんよ」

「そうすると、この狙撃犯を、射ったのは誰なんでしょうか？」

「私は、法務大臣についていた二人のＳＰのうちのどちらかが射ったのだろうと思っていましたが、十津川さんから、そうではないと聞いて、驚いているんです。あの現場には、ほかに、拳銃を持っている人間はいませんでしたからね。もちろん、私だって、拳銃は持っていません。アメリカとは違って、日本の私立探偵は、拳銃所持の許可は、出ないのですよ」

と、いって、原田は、小さく笑った。

「この写真もご覧になってください。私も原田さんも、よく知っている警視庁捜査一課の元警部、佐々木圭さんの写真です。原田さんは、佐々木圭さんに、最近は、会っていないといわれましたが、最後に、佐々木さんにお会いになったのは、いつ頃ですか？」

と、十津川が、きいた。

「それが、もう何年も前のことなので、日付までは、正確には覚えていないのですよ」

「佐々木さんは、病気で奥さんを亡くされ、その後、娘さんも、奥さんと同じように、治療の難しい難病になったので、娘さんのために警視庁を退職したというのですが、原田さんは、この話、聞いていますか？」

十津川が、きくと、原田は、その質問には答えず、

「十津川さんは、私のことを、信用していないようですね？」

「どうしてですか？」

「私は佐々木圭とは、しばらく会っていないと、いいました。本当なんですが、十津川さんは、私の言葉を信じていないだけでなく、ホテルTの現場で、私が、佐々木圭を見たか、彼と話をしたのではないかと、疑っている。違いますか？」

「その可能性はあると思っています」

　十津川は、正直に、いった。

「やっぱりね。しかし、一昨日、あの現場で、佐々木とは会ってもいないし、話もしていませんよ」

「そうですか、分かりました。それでは、そういうことにしておきましょう。実は、私としては、佐々木さんと会って、いろいろと聞きたいことがあるのです。それにあの現場に、佐々木さんがいたと思っているのです。なぜ、現場にいたのかも知りたいのです。原田さんは、彼の携帯電話の番号を、ご存じではありませんか？」

　と、十津川が、きいた。

「いや、知りません。彼に電話をしたことは、ありません。それに、彼のほうから、私に、電話をかけてきたこともありませんよ」

と、原田が、いった。

「それでは、今、彼が、どこにいるのかも、ご存じない？」

「もちろんです。佐々木がどこにいるのかは、まったく知りません。こちらが教えてもらいたいくらいです」

「われわれとしては、事件についての正確な情報を、得たくて、佐々木さんにも話を聞こうと思い、今日、彼が住んでいるというマンションに、行ってみたのです。佐々木さんは、留守で、管理人が、佐々木さんは、六月二十三日に、娘さんを連れて旅行に、出かけてからは、見ていないというんですよ。

管理人の話によると、佐々木さんは、しばらく旅行してきたいので、家を、留守にする。いつ帰るか分からないと、いったそうですよ。そして、現在、佐々木さんは見つかっていません。あ、それから、管理人が、妙な話をしていました。佐々木さん父娘は、見ていないが、六月の二十八日の午後、佐々木さんの部屋の前を、ウロウロしていた、不審な男がいたというのです。この男は、何かを郵便受けに投げ込んで、姿を消したそうです。そこで、私も、郵便受けを見てみましたが、何も見つかりませんでした。

管理人の話が本当なら、多分、佐々木さんは一度、自宅マンションに戻ってきて、男が、投げ込んでいった何か、おそらく、手紙のようなものだと思うのですが、それを持って、またどこかに出かけたのではないかと思うのですが、なぜか、娘さんは一緒ではなかった」

「なぜ、そう思うんですか？」

「管理人の話では、娘さんは、明るくて、もし帰っていれば、挨拶(あいさつ)してくれる筈(はず)だというのです。つまり、なぜか、佐々木さんは、ひとりで、ひそかに帰宅していたことになるのです。どうしたのか、わかりますか？」

「いや、わかりませんが」

「これまでに、原田さんは、佐々木さんの自宅マンションに、行かれたことがありますか？」

「いや、ありません」

「一度も？」

「一度もありませんよ。彼が今、どこに住んでいるのか、場所も知らないくらいですから」

と、原田が、主張する。

十津川は、（嘘(うそ)だな）と、思いながら、

「今日、彼のマンションに、行った時、彼の姿がないので、管理人に佐々木さんの部屋を開けてもらい、部屋を調べてみました。その時に、ちょっと面白いものを、発見したのですよ」

十津川は、反応を確かめるように、原田の顔を、見た。

「面白いもの？　いったい、何が見つかったんですか？」

「盗聴器です。佐々木さんが住んでいるのは、小さな部屋ですが、そこに二つも、盗聴器が、仕掛けられているのを見つけました」

十津川は、もう一度、原田の顔を見た。

「そうですか、盗聴器ですか」

と、いって、原田は、一瞬考え込んでいたが、

「しかし、佐々木も、僕と同じく、警視庁を、辞めている人間ですよ。そんな男の部屋に、いったい誰が、何のために二つも盗聴器を仕掛けるんですか？　理由がわからないな」

「たしかに、その通りなんです。どう考えても、おかしな話なのです。そんなことをする理由が、わかりませんからね。警視庁時代、仲の良かった原田さんが、何か、ご存じではないかと思ったんですが、わかりませんか？」

「いや、私には、まったく、分かりませんね。誰が、何のためにそんなことをしたのか、想像もできませんよ」

「もう一つ、原田さんに、お聞きしたいのですが、佐々木さんの娘さん、たしか、さくらさんという名前で、高校一年生でしたよね？　原田さんは、彼女と、話をしたことがありますか？」

と、十津川が、きいた。

「残念ながらありません。私と佐々木とは、警視庁時代の同期で親しかったのは間違いありませんが、娘さんとは、会ったこともなければ、話をしたことも、ありません。佐々木から、さくらさんという名前の、一人娘がいるということを聞いたことがあって、それで、知っているだけです」

と、原田が、いう。

「原田さんは、どうして、警視庁を、辞められたんですか？」

十津川の質問に原田は、苦笑して、

「単なる一身上の都合ですよ。別に深い理由は、ありません」

「そうですか。あなたが、辞められたあと、いろいろなウワサが流れました。その一つに、警察や検察内部の対立に、嫌気がさしていたと。それが辞めた理由だったというのですよ。三村警視総監は、国民のための警察を、標榜されていたが、早川副総監や、代議士時代から池内法務大臣は、国家のための検察、警察を標榜している。そうした上層部同士の対立に、なじめなくて、警視庁を辞めていったのだ、という声が聞こえてきたのです。本当ですか？」

と、十津川が、きいた。

「私は、そんな、難しいことを考えて、警視庁を、辞めたわけじゃありません。私の勝手な一身上の都合で、警視庁を、退職させてもらったのです。警視庁に入って、何年か、刑事を続けているうちに、宮仕えというものが、つくづくイヤになった。それで、警視庁を辞めて、自由気ままに、誰に気を遣うこともなくできる、私立探偵になったのですよ。それ以外の理由は、ありません」

「そうですか。いろいろとお話しいただき、ありがとうございました」

十津川が、礼をいい、原田との話は、終了した。

2

原田一郎が帰ったあと、十津川は、刑事部長の三上に、原田一郎とのやり取りを報告した。

「それで、彼が、どうして、あの現場にいたのか分かったのかね？」

と、三上が、きく。

「分かりました。原田一郎が、あの現場となったホテルTにいたのは、まったくの偶然で、バーに、お酒を飲みに行こうとしていたようです。原田は、今までも、よくあのホテルTで食事をすることがあったようです。あの時、現場で、事件に遭遇してしまい、とっさに、警視総監を助けようとして、飛びついたといっています」

「君は、そんな話を信用したのか？」

と、三上が、いうが、十津川は、構わずに、

「彼が嘘をついている証拠もありませんので」

と、いった。

「あの男は、なかなかの曲者だぞ」

と、三上がいったが、今度は、十津川は、黙って笑っただけだった。

しかし、捜査一課の自分の席に、戻ってくると、十津川は、亀井刑事に向かって、

「原田一郎さんと話してみて、彼が、本当のことを、しゃべっていないことが、よく分かったよ」

「例えば、どんなところが、ですか？」

と、亀井が、きく。

「事件の現場に、佐々木圭がいたことは十中八、九、間違いないと私は、確信しているんだ。現場で、拳銃を持った男が射殺されたが、その男を、射ったのは、佐々木圭だったのだろうとも、思っている。原田一郎も、佐々木を現場で目撃したに違いないんだ。もしかしたら、見ただけではなく、何か、言葉を交わしているかもしれない。しかし、佐々木は、すぐに現場から姿を消し、原田一郎は、佐々木圭のことを見ていないと、ウソをついている」

と、十津川は、いった。

「たしか、現場には、ホテルの従業員のユニフォームを着た男がいて、その男が、現場から、逃げるように立ち去るのを見たという、SPや警察官だけでなく、利用客や新宿のバーのママからの気になる証言も、いくつかありましたね。警部は、その男が、佐々木だとお考えですね？」

と、亀井が、きいた。

「その通りだ。私は、ホテルTのユニフォーム姿の男が、佐々木圭だろうと思っている。ホテルの従業員のユニフォームを奪い取られたという、ルームサービス係の証言もあるからね。佐々木圭に間違いないよ。狙撃犯を射殺したのも佐々木圭に違いないと、確信している」

と、十津川が、いった。

「しかし、佐々木圭が、どうして、現場にいて、警視総監や法務大臣を狙ったのか、それが分からないと捜査が進みませんね」

「その通りで、そこが問題なんだよ。私は、その場に、佐々木圭がいたと、確信しているが、佐々木圭が、発砲した理由が分からない。佐々木は、三村総監や池内法務大臣を狙ったのか？　まったく分からないんだ」

「しかし、射殺された男、もう一人の狙撃犯が、いったい、何者なのかが分かれば、捜査も、進展するんじゃありませんか？」

その亀井の言葉に、十津川は、ニッコリした。

「その通りだよ。だから、みんなにも頑張って、捜査をしてもらいたいのだ。何とかして、一刻も早く、狙撃犯の身元を明らかにしたいんだ」

3

十津川は、三上刑事部長の命令で、今回の事件を、担当することになったのだが、まず、全力を挙げたのは、現場で射たれ死亡した、もう一人の狙撃犯と思われる男の、身元確認だった。

外見は、まだ若い男で、年齢は三十代の前半、三十二、三歳といったところだろう。身長、体重とも平均的な感じだが、背広の裏にも、ネームはなく、免許証や名刺など、身元を、証明するものは、何一つ持っていなかった。

ただ、プラスチック拳銃を持ち、射殺された時、その拳銃を、右手に持っていた。だから、現場で、誰かを、狙撃しようとしていたことは、間違いないだろう。

男の標的は、池内法務大臣と、三村警視総監、その二人か、あるいは、そのどちらかだったのだ。

すでに十津川は、鑑識に頼んで、射殺された男の指紋を採取してもらい、前科者カードと照合してみたが、該当するものはなかった。前科のある男ではないのだ。

そこで十津川は、マスコミの力を借りて、新聞やテレビ、雑誌などで、あくまでも、被害者として、男の写真を紹介してもらい、広く一般から、情報を集めることにした。
狙撃犯の身元確認の次に、十津川が、捜査に力を入れようと考えたのは、佐々木圭のことだった。
ホテルの現場に佐々木がいたことは、まず間違いないと、十津川は、確信していた。
問題は、理由である。
十津川は、現場にいた事件の目撃者の証言を集めた。
まず、現場にいた人間である。
池内法務大臣
三村警視総監
ＳＰ二人
原田一郎
この五人は、間違いなく、事件の時、現場にいた。
問題は、六人目である。
何人かの人間が、この五人の近くに、ホテルＴのユニフォームを着た男がいたと証言していた。

四十歳前後の男で、しゃがみ込んでいたが、あわててホテルの裏口に向かって逃げていったという証言が多い。

中には、この男が、拳銃を射つのを見たという証言もあったが、確証はない。

十津川が、ホテルの従業員に当ったところ、ルームサービス係の男性が客に殴られ、ユニフォームを奪われたというから、問題の男はホンモノの従業員ではなく、ニセモノと見ていいだろう。

十津川は、その男は、現場にいた刑事の証言から、元警視庁警部の佐々木圭ではないかという疑いを持つようになった。

最後の一人は、現場で何者かに射たれ、死亡した男である。

身元を証明するものを持たず、見つけにくいプラスチック拳銃を所持していたことから、暗殺者（狙撃犯）と見られるが、ターゲットは、池内法務大臣か、三村警視総監か、或いは、二人とも、ターゲットだったのか。

この男は、S&W拳銃で、射たれて死んでいて、男自身の持つ拳銃は、発射されていない。とすれば、現場にいた誰かが、この男を射殺したのである。

射殺した犯人として、一番可能性があるのは、ニセモノのホテルの従業員である。最初のうちは、ホテルのユニフォームを着て、従業員に化けた男、としか分からなかった。

その後、調べていくと、どうやら、その男が佐々木圭らしいと分かって、十津川は、驚いた。

十津川の知っている佐々木圭は、警視庁に在職していた時、刑事としては優秀で真面目な男だったが、家庭的には恵まれず、奥さんを難しい病気で亡くし、一人娘まで同じ病気にかかってしまったことが、分かると、この四月に、ためらわずに警視庁を辞めたと、聞いていたからである。

少なくとも、それまでの、佐々木圭のことや、十津川の知っている彼を考えると、殺人を企てるような、そんな人間にはとても思えなかったのだ。

それに、六月の二十三日から、娘のさくらを連れて旅行に行っていると、マンションの管理人に聞いたのである。

それが突然、東京の銀座にあるホテルTで、拳銃を使っての殺人事件を起こすとは、考えにくい。

第一、その現場に、かつての同僚だった、原田一郎がいて、しかも、その原田が事件に大きく関わっているのが偶然とは、十津川には、どうしても、信じられなかった。最愛の一人娘さくらが、妻と同じ難しい病気にかかってしまったために警視庁を辞め、娘との思い出を作るために、どこかに旅行に出かけたはずの佐々木圭が、どうして、都内の殺人現場にいたのか、十津川には、その点が、どう考えても理解できなかった。

だからこそ、佐々木圭を何とかして見つけ出し、彼から直接、話を聞きたい。そう思っていた。

そして、原田一郎である。

原田一郎は、とっさに三村警視総監に体当たりをして、彼の命を助けたということで、新聞やテレビのマスコミは、英雄として盛んに報道し、その行動を賞賛している。

十津川は、原田一郎に捜査本部に来てもらい、彼から実際に、話を聞いてみて、そのいっていることは、半分は本当だが、半分はウソだと感じた。

だが、なぜ、原田一郎が、十津川に対してウソをつかなくてはならないのか、その点が分からなかった。

十津川にとって、いちばん気になる原田一郎のウソは、彼と佐々木圭との関係だった。

十津川は、ホテルの現場に、佐々木圭がいたことを、ほぼ間違いないと確信している。従って、原田一郎は、あの時、佐々木圭を間違いなく見ているはずなのだ。見ているだけではなく、何か言葉を交わしている可能性も大きい。

それなのに、十津川が、その点をしつこく聞いても、原田一郎は、事件の現場に佐々木圭はいなかったと、なぜ、ウソをつくのだろうか？

ひょっとすると、そこに、今回の事件の謎が隠されているのかもしれない。

十津川は、そう考えたので、部下の刑事たちに命じて、原田一郎に尾行をつけることにし、彼の行動を二十四時間、徹底的にマークすることにした。

4

その頃、佐々木圭は、いったん東京から離れることに決めていた。

マスコミ、特にテレビや新聞では、ホテルTの現場から、発砲した後、逃走した人間の存在を、連日のように報道していた。

あの時、現場にはもう一人、ホテルの従業員のユニフォーム姿をした男がいて、その男が、現場から逃げ去っていくのをSPや利用客が目撃している。

そして、その逃げ去った人間の似顔絵をしつこく放送しているテレビ局もあった。明らかに、自分のことを目撃していた人間が、一人ではなく、複数いるのである。

このまま東京都内に、留まっていては、いずれ警察に、捕まる恐れがあった。もし、自分が警察に捕まってしまえば、娘のさくらを人質に取っている犯人グループは、おそらく、佐々木圭は、もうこれ以上、自分たちの役に、立たないと断定して、邪魔になった娘のさくらを、殺してしまう恐れがあった。

佐々木が、今、いちばん怖いのは、そのことであった。

そこで、佐々木圭は、いったん東京圏内から離れることにしたのである。

一時的に、佐々木圭が身を隠すことに決めたのは、静岡県である。いつまた、犯人たちから次の指示が来て、できるだけ早く、東京に戻らなくてはならなくなるかもしれない。その時に備えて、静岡にいれば、新幹線を使えば一時間ほどで東京に戻ってくることができるからである。

犯人たちは、もう一度だけ、チャンスを与えるから、今度こそ間違いなく、三村警視総監を射殺しろと命令してきている。

佐々木が、次も、射つと見せかけて、欺そうとしても、二回目は、犯人たちも佐々木の芝居を見破って、怒って、娘を殺してしまうだろう。

だから、今度こそ、一か八かの勝負になるはずだと、佐々木は覚悟を決めていた。

六月三十日の事件について、佐々木は、自分では一応、成功したのではないかと考えていた。とにかく、時間稼ぎはできたし、親友の原田一郎に、現在の詳しい事情を話すことができたからだった。

それにもう一つ、佐々木にとってありがたかったのは、原田が新しい携帯電話を用意してくれたので、それを使って、犯人たちに知られることなく、原田と自由に連絡を取れることだった。

ただ、佐々木は、犯人たちにも、自分が今、どこにいるかを知らせておかなければならなかった。居どころを知らせないままにすれば、犯人たちは、人質になっている娘のさくらを、殺してしまうに違いなかったからである。

第五章 「風が変わるか」

1

佐々木は、一日二十四時間の中、六時間ごとに必ず連絡を取るようにと、犯人グループから指示されていた。もし、その連絡を怠った時には、娘のさくらを、容赦なく殺すというのである。

相手は、そのくらいのことは、平気でやってのける連中だと思っているから、今回、東京を離れるに際しても、佐々木は彼等に、連絡を取ることにした。

いつもの男の声が、応じる。

佐々木が、

「現在、私は、警察に追われている。そこで、いったん東京を離れようと、思っているのだが」

と、伝えると、相手は、即座に、

「ダメだ」

と、いった。

「どうしてだ？　別に、警視総監の狙撃をやらないといっているわけじゃないんだ。いったん東京を離れて態勢を整えてから、もう一度改めて、三村警視総監を狙撃する。私は、そのつもりでいるんだ。それが、どうしてダメなんだ」

「ダメなものはダメだ。許すわけにはいかない」

男の声が、言下に拒否する。

「理由をいえ」

と、佐々木が、いった。

「少しばかり事情が変わってきた。三村警視総監を殺害しなければならない理由が、以前よりも、さらに、強くなった。時間も差し迫ってきた。したがって、君に対する時間の余裕も、なくなった。三村のスケジュールを教えるから、今度は必ず、三村警視総監を殺すんだ。絶対に失敗は許さない。失敗した時は、君の娘は、どこかで死体になって発見されることになる」

「事情というのは、いったい何なんだ？　教えてくれ」

と、佐々木が、きく。

「それについて、君が知る必要はない。何も考えず、一刻も早く、三村警視総監を殺せばいいだけの話だ。今、君が考えなければならないのは、そのことだ。それ以外は考えるな。今から十二時間以内に、三村警視総監のスケジュールを連絡するから、射殺しろ。分かったな？」

と、それだけいい、男は、電話を切ってしまった。

佐々木は、舌打ちをした。

ヤツらは、いつも勝手な要求ばかりすると思う。三村警視総監を、殺せばいいだけの話だと、相手の男は、簡単にいうが、警視総監に近づくことさえ、それほど、容易なことではないのだ。それは、先日のホテルの時に十分理解できたはずだ。

ただ、ここにきて急に事情が変わって、三村警視総監を殺害しなければならない理由が、以前よりも強くなったと、佐々木に、いった。

そんないい方に、佐々木は、考え込んだ。

いったい、どんなふうに、事情が変わったというのだろうか？

そこで、佐々木は、原田一郎に、電話をしてみることにした。原田一郎は、現在のところ、唯一（ゆいいつ）の味方といってもいい、佐々木にとって、もっとも頼りになる存在である。

呼び出し音が一回鳴っただけで、すぐに電話が通じた。そのことにほっとしながら、

「佐々木だ」

「今、どこにいるんだ？」

原田が、きく。

「都内の改築中のビルの中にいる」

「警察が、お前を追っているぞ。そこは、安全なのか？」

「この中古のオフィスビルを買い取った会社が、経営難になって、もう何ヶ月も、改築を止めてしまっている。だから、ここには誰も来ない。絶対に大丈夫だ」

と、いってから、佐々木は、

「三村警視総監の暗殺の件なんだが、ここにきて急に、相手が急いでいる。今から十二時間以内に、総監のスケジュールを知らせるから、必ず警視総監を殺せといってき

た」

「事情が変わったといってるのか？」

と、原田が、きいた。

「そこがよく分からない。ただ、事情が変わって、三村警視総監を殺害しなければならない理由が、以前よりも強くなったと、相手は、いっていた」

「今、そこでテレビや新聞を見ていないのか？」

「あいにくだが、今いる改築中のビルには、テレビがついていないし、新聞も配達されない」

と、いって、佐々木が、小さく笑った。

「警察庁の長官が、黒田という男だということは、知っているか？」

と、原田が、きいた。

「黒田という名前は、聞いたことがあるが、警察庁の長官には、何の興味もない。今の俺には関係がないからな」

と、佐々木が、いった。

日本の警察機構は、各都道府県に、県警本部や警視庁が置かれている。ここが実際の警察業務に当たるのだが、各本部長は、各公安委員会が任命する。

その一方、日本全体の警察機構を統括しているのは、警察庁である。こちらのほうの長官は、総理大臣が、任命する。

一見すると、地方の警察の上に警察庁があるように見えるが少し違う。特に東京の警視庁の場合は、何といっても一千万都市の警察である。当然、権限も大きいし、職員も多い。

したがって、東京を治めている警視庁の三村警視総監と、組織的に、日本全国の警察を統括している警察庁長官との力関係は、ほとんど対等と見ていい。

「お前は、黒田長官には、興味も関係もないというが、そういっていられなくなっているぞ」

「警察庁の黒田長官が、どうかしたのか？」

と、佐々木が、きいた。

「政治的なミスをやった。いわゆる失言というヤツだ」

と、原田が、いった。

「黒田長官が、いったい、どんな失言をしたんだ？」

「先日、政府与党の若手の政治家が集まった研修会が、軽井沢で行われたんだが、そこに黒田長官がゲストとして呼ばれて、国家と警察機構について、あるいは、警察機構と日本の実情についてといったような話をしたらしいんだ。もともと黒田長官が、官房長官の椅子を狙っていることは、多くの人が知っているから、彼は、これまでも政治的な発言をよくしては、顰蹙を買っている。今回も政府与党の若手政治家の集まりに出かけていって、黒田長官は、いつもの持論を披露したんだな。池内法務大臣と同じような考えだよ」

「つまり、国民のための警察ではなくて、国のための警察が必要だという考え方だな」

と、佐々木が、いった。

「ああ、そうだ。黒田長官は、世界中にテロ行為が広がっているから今は、まず何よりも、国家の安泰が必要である。そのためには、国民はある程度の制約に甘んじなければならない。そうしないと、日本という国家がバラバラになってしまう恐れがあるという、そんな話をしたらしいんだ。そこで話を止めておけばよかったのに、その後で、黒田長官は、政府与党の若手政治家の集まりということで、気持ちが大きくなったのか、日本の国家にとって邪魔な思想家や評論家あるいは、新聞やテレビのマスコミの名前を、具体的に挙げて、しゃべってしまったんだよ。それが、明るみに出てしまってね。今、大きな問題になっている」

「それで、警察庁長官の足元は、危ないのか?」

「黒田長官という人は、以前からいろいろと、物騒な発言の多かった人だからね。その上、今回は、しゃべったことが、すべて録音されてしまっている。誰が録音したのかは分からないが、まずいことに、それが、表に出てしまっているんだ。このままいけば、ヘタをすると、辞任ということもあり得るだろうね」

と、原田が、いった。

「もし、黒田長官が、辞任ということになったら、どうなるんだ?」

「黒田長官につながりのある人間を、次の長官に推すのが難しくなるだろう。そうなると現在、警察機構の中では、三村警視総監が一人だけ、民主的な警察を守っているという感じなんだが、もし、ここで、黒田警察庁長官が辞任するようなことがあれば、力関係という点で見て、三村警視総監のほうが、盛り返す可能性がある。そうなると、それに、反対の人たちにとっては、まずい事態になるのではないかな? だから、どんなことをしてでも、それだけは、防ごうとするだろう」

と、原田が、いった。

「なるほど。今の君の話で、少しずつ、事情が分かってきたよ」

「まあ、そういうことだ」

「黒田警察庁長官が、更迭される可能性は、高いのか？」

「その可能性は、大いにある。あまりにもあからさまに、自分の気に入らないマスコミの名前や、評論家の名前を、はっきりと出してしまっているからね。辞任するしかないかもしれないな。ただ、黒田長官を、任命したのは、今の総理大臣だから、必死になって守ろうとするだろう。それに、世の中というのは、おかしなもので、黒田長官が、本音をしゃべったことに対して、同調する人だっているし、平和な日本よりも、強い日本のほうが好きだという人間だっているからね。池内法務大臣も早川警視庁副総監も、どちらかといえば、黒田長官派だよ。強い日本とか、強い警察が好きな連中のほうが力があるし、勢いもある。そこに、突然、黒田長官の問題が起きた。だから、連中は、焦っているんだ」

と、原田が、いった。

「分かった。いろいろと、教えてもらって助かった。また連絡する」

と、いって、佐々木は、電話を切った。

佐々木は、改築中のビルを出ると、浅草に向かって、歩いていった。

浅草には、浅草温泉がある。温泉に入って、体を洗いたくなったのである。

まだ昼前、それにウィークデイだが、浅草は、ほかの場所と違った空間になっているらしく、温泉場には、中年のオヤジたちが、ぞろぞろ、歩いていた。

佐々木もタオルを買い、温泉に入ってヒゲを剃(そ)った。

休憩室の中も、貸浴衣(ゆかた)を羽織った、オヤジたちで一杯である。

佐々木は、長椅子に腰を下ろして、新聞に目を通した。なるほど、原田が教えてくれたニュースが載っていた。

新聞によっては「黒田警察庁長官、更迭か」という見出しを載せているものもあれば、中には「黒田長官、陳謝で逃げ切りか」と書いた新聞もある。

佐々木は、アイスコーヒーを飲みながら、さらに、新聞に目を通していった。

たしかに、黒田長官は、その発言で、自分が嫌いなマスコミの名前をいくつか挙げているし、評論家や作家、あるいは、政治家の名前を具体的に挙げている。

ただ、邪魔なマスコミ、危険な評論家といったような言葉ではなくて、このマスコミに、あるいは、この言論人には、大いに反省してもらわないと、日本は危なくなる。

そういう発言である。

だから、何とか逃げ切れるかもしれないと書いてある新聞もあった。

その時、突然、佐々木の携帯が鳴った。

耳に当てる。

いつもの男の声だった。

「三村のスケジュールが分かったぞ」

相手は、それを伝えると、佐々木の返事を聞くこともなく、電話を切った。

2

捜査本部の壁には、

「捜査に徹すること」

と書いた紙が、貼(は)りつけてある。

それは、十津川が書いて貼ったのである。

自戒を込めて書いたのだが、こうやっていろいろと事件が起きてくると、イヤでも捜査に徹することが、難しくなってくる。十津川は、最近それを強く感じていた。

「K総理、黒田長官を守り切れるか?」

「国家あっての国民か、国民あっての国家か?」

それが、彼の机の上に置かれた何紙かの新聞の見出しである。

今後の捜査方針について、話し合っている時でも、今日の黒田警察庁長官のニュースが、目に入ってしまうのである。

同じ警察関係の人間として、十津川にしろ亀井にしろ、ニュースを、まったく無視するというわけにはいかなかった。十津川にいわせれば、正直なところ、邪魔なニュースなのである。

そんな中で、一つだけ、歓迎すべき情報が入った。

ホテルの現場で撃たれて死んでいた、三十代の男の身元が、分かったという知らせだった。

十津川は男が現場にいたこと、プラスチック製の拳銃（けんじゅう）を持っていたことから、銃に慣れている人間、あるいは、自衛隊上がりの人間ではないかと思っていた。少なくとも、銃に詳しい人間だと推測できるし、あの現場にいたことを考えれば、法務大臣か、警視総監のどちらかを狙っていたに違いないと思っていたのだが、その後、まったく情報が集まらなかった。

そこへもたらされたのが、問題の男の身元に関する、一つの情報だった。

自分の友人に、拳銃マニアがいて、その男によく似ているという通報が、捜査本部に、寄せられたのである。

十津川はすぐ、西本（にしもと）と日下（くさか）の二人の刑事に、話を聞きに行かせた。

西本たちが会ってみると、通報者自身も銃のマニアで、数人でグループを作り、自分たちで銃を作ったり、モデルガンを集めたりしているという。

その男が、西本と日下にむかって、いった。

「ホテルで撃たれたのは、春山俊という男です。あいつは、最初のうち、僕たちと同じようにモデルガンを集めたり、そのモデルガンを改造したりしていたんですが、そのうちに、本物の銃が欲しくなったとかいって、アメリカに行ったりして、どうやったのかは分かりませんが、ついに本物の拳銃を手に入れたといって、自慢していたのをよく覚えています。そのために金がいるといって、妙なグループに入ったらしいというウワサを聞いてました。だから、彼に会った時、注意したんですよ。モデルガンを収集するぐらいで止めておけ。本物の拳銃を欲しがったりすると危ないぞって。そうしたら、先日の、あのホテルの事件ですからね。ビックリしましたよ。ひょっとすると、アイツは、誰かから金をもらって、本物の拳銃を、手に入れて、殺しを、頼まれていたんじゃないか？　そんなことまで考えましたよ」

男が、持ってきてくれた春山俊という男の写真は、間違いなく、ホテルで撃たれて死んだ、あの男だった。

「アマチュアの拳銃マニアが、本物の拳銃を使いたくて、殺し屋になる。今は、そんな時代なんですかね」

と、捜査本部に、帰ってきた西本と日下の二人が、十津川に向かって、呆（あき）れてみせた。

たしかに、そういう時代なのだろう。

非現実的ではあるが、簡単に殺しを引き受けるグループが、間違いなく存在しているのだ。

逆にいえば、世の中には、そうした需要が、少なからずあるということだろうし、プラスチック製の拳銃のような、物騒なものが、簡単に、手に入るようになったということかもしれない。

しかし、春山という男が、本物の拳銃を使いたくて殺人を請け負っただけなら、そこから犯人にたどり着くことは、難しいだろう。

男の身元が、大きな手がかりになると考えていただけに、捜査本部の落胆は、大きかった。

もう一つ、十津川が気にしているのは、警視庁を辞めた、元刑事の佐々木のことだった。

六月三十日の事件のことを考えると自然に佐々木の名前が、浮かぶのだ。

池内法務大臣、三村警視総監、ＳＰ二人、そして、原田一郎。さらにそこには、現在逃走中の狙撃犯がいたはずで、過失か、あるいは故意にか、春山俊を撃ったのである。

その人間を、十津川は、元警視庁の同僚だった佐々木だと考えている。

そして、原田一郎は、そのことを、知っているはずなのである。

捜査会議でも、十津川たちの間では、当然のように、佐々木の名前が、飛び交った。

佐々木には、さくらという一人娘がいたはずだがその一人娘が、現在、行方不明になっている。

勝手な想像が許されるとしたら、佐々木は、何者かに一人娘を人質に取られ、誰かを殺すことを引き受けたのではないか？　だから、六月三十日の、あの現場にいたのだと、十津川は、考えている。

次の問題は、あの現場で本当に狙われたのは、池内法務大臣だったのか、それとも、三村警視総監だったのかである。

捜査に当たる十津川たちは、どちらが狙われたのか分からないと、今も口にしていたが、実際には、狙われたのは、三村警視総監だと考えていた。それは、三村警視総監が、狙われるような社会情勢になっていることを、最近強く感じていたからである。さらに、原田が庇ったのは、二人でも、池内法務大臣でもなく、三村警視総監だったことも、その考えを裏付けていた。

捜査会議では、つねに、また同じような事件が起こるだろうかということが問題になった。

ところがここに来て、突然、黒田警察庁長官の問題が、大きなニュースになってしまった。当然、世間の目は、そちらのほうに引っ張られてしまう。黒田長官が更迭されるのかどうか、そのニュースのほうが新しいし、面白いからである。

黒田長官の問題で、次の狙撃事件が起きるパーセントが大きくなっただろうか？

ニュースのほうは、黒田長官が、更迭されれば、次の長官に、誰がなるのかということが、話題になっている。

黒田長官に実名まで挙げられて非難されたマスコミや学者、評論家たちは、黒田長官と反対の意見を持つ人間を、新しい長官にするべきだと声を大きくしている。

そのことに、任命権を持つ、総理大臣が危機感を持ち始めたというウワサも、十津川の耳に聞こえてきた。

「危ないな」

十津川が、呟いた。

「どこが問題ですか？」

と、亀井が、きく。

「空気が一方的に、流れると、その反作用も強くなる。今は、どちらかといえば、右の風のほうが、強い。ところが、そこにちょっとだけだが、左の風が吹いた。そうなると当然、右のほうは、それに対して危機感を持つようになる。それが大きくなって、六月三十日と同じような事件が、また起きるのではないか。私には、それが怖いんだよ」

と、十津川が、いった。

夜、何となく不安な気分で、十津川は捜査会議が終わった後も、一人、残っていた。

その時、原田一郎から、電話がかかってきた。

「今、一人ですか？」

と、原田が、きく。

「ああ、一人だ」

「今回の黒田長官の問題を、どう思っていますか？」

「あのニュースが大きくなればなるほど、危険も大きくなるような、そんな気がして仕方がない」

　と、十津川が、今の気持ちを、正直に、いった。

「十津川さんは、黒田長官が更迭されると思っているのですか？」

「ああ、おそらく、そうなるだろうと思っている。そうしなければ、事態は、収まらないはずだ」

「私は、十津川さんとは考えが違う。黒田長官は更迭されないと思っています」

　と、原田が、いった。

「なぜだ？」

「総理大臣だって、法務大臣だって、自分の仲間の黒田長官を、必死になって、守ろうとしますからね。簡単には、更迭されないでしょう」

「それならば、静かでいいんじゃないか？」

「本当に、そんなふうに、思っているのですか？」

　原田が、とがめる調子で、いう。

「そうじゃないのか？」

「更迭がなければ、しばらくの間、黒田長官は、言動に、注意します。今までみたいに、元気のいいことをいってはいられないから、しばらくは、おとなしくしているはずです。そうなると、今度は、それに対して、危機感を持つ人間が、必ず出てくる」

「その点は、同感だ」

「今までは、自分たちのほうが、力を持っていて、自分たちが、日本を動かしていると思っている連中がいた。ところが、その中の中心人物の一人、黒田長官が、黙ってしまうと、自分たちの力が、弱くなってしまうのではないかという、そんな、危機感を持つはずです。これは、間違いない。そうした危機感を持った人間が、一つの行動に出る、危険があります」

と、原田が、いった。

「君は、いったい何を知っているんだ？　だったら、正直に話してくれないか？　思わせぶりに何かいわれても、こっちは、困るんだよ」

と、十津川が、いった。

一瞬、沈黙があった。

十津川は、原田が、電話を切ってしまったのではないかと思って、

「もしもし」

と、いうと、原田は、

「聞こえています」

と、いってから、

「佐々木がね」

と、急に、いった。

「今、佐々木が、どうしたんだ？」

「危険な状況にあるんです」

「危険な状況？」

「佐々木は、六月三十日の事件で、あのホテルの現場にいた」

「そうだろうね。佐々木が、逃走中の犯人だとすれば、すべて説明がつくんだよ。それで、六月三十日の、事件の時だが、佐々木に与えられた任務は、いったい、何だったんだ？」

と、十津川が、きいた。

「三村警視総監の暗殺です」

「佐々木の一人娘が、人質に、取られているのか？」

「はい。旅行先で、一人娘を誘拐されたらしい。佐々木は、いうことを聞かなければ娘を殺すと脅かされ、三村警視総監の暗殺を、命じられたんです。それをわざと、失敗した。しかし、佐々木に警視総監の暗殺を命令しているグループは、今度は急いでいて、時間を区切って、三村警視総監を暗殺するようにと、再び佐々木に、指示があったらしい」

先ほど、十津川が、考えた通りの事態が起きていたようだ。

「そのグループは、どうして、急いでいるんだ？」

「だから、黒田警察庁長官の問題ですよ。あの問題が、大きく絡んでいるんです。首都東京の場合は、警察庁長官と警視総監の力は、ほぼ拮抗している。あるグループにとっては、その片方の力が、弱くなることは、大変なマイナスに、なるんだ。だから、何としてもそうなることは許さない。それに、黒田警察庁長官が更迭されないほうが、あるグループは、危機感を、抱きます。自分たちの代表選手が、沈黙してしまいますからね」

と、原田が、いった。

「分かってきた。こっちの声が小さくなるなら、向こうの声も小さくしてしまおう。いや消してしまおうというわけだ」

「そうです」

「それで、向こうは、三村警視総監の暗殺を早めるつもりでいるのか？」

「そう考えていいと思います」

「それで、佐々木は、今どこにいるんだ？　無事なのか？」

「佐々木が、どこにいるのかは、私にも分からないが、無事でいることだけは確かです。ヤツと携帯で話をしましたから。ただ連中が、佐々木に三村警視総監の暗殺を、命令しているからといって、それをまともに受け取るのは危険です。連中にしてみれば、佐々木は、一回、暗殺に、失敗したことになっていますからね。今でも佐々木のことを信用しているのかどうか。信用していなければ、自分たちの手で三村警視総監を殺して、実行犯として、佐々木を、警察に逮捕させるかもしれません。おそらくそのほうが、佐々木にとっては、辛いでしょうね」

　と、原田が、いう。

「確認のために聞くんだが、犯人グループが、佐々木に、もう一度、三村警視総監の暗殺を、指示したことは、間違いないんだな？」

　と、十津川が、念を押した。

「はい、それは間違いありません。ただ、連中が、いつ、どこで、佐々木に暗殺を実行させようとしているのかは、分かりません。それに、自分たちの手で警視総監を殺して、佐々木を、犯人に仕立て上げる可能性も否定できない。いや、むしろ、そのほうが強いといってもいいでしょうね」

「どうしてだ？」

「佐々木のことを、信用しなくなっているからです。もし、佐々木が、自分たちの命令に、従わないと思えば、連中は、いつでもすぐに、佐々木の一人娘を、殺すことができるんです」

「佐々木が、大変な状況にあることは、よく分かった」

「一刻も早く佐々木を助けてください。このままでは、娘はもちろん、佐々木の命も、危ない。よろしく頼みます。そういえば、佐々木は、中央病院、とだけ呟くように、いっていました」

と、いって、原田は、電話を切った。

「中央病院？」

十津川はまず、これからの、三村警視総監のスケジュールを、確認することから始めることにした。

その中で、十津川の目に飛び込んできたのは、十日後の中央病院での診察だった。

先月に定期健診を受けたばかりだが、再検査を要する項目でもあったのか、それとも、例の狙撃事件で、体調や精神状態がすぐれないのかも知れない。

このスケジュールは、警視庁内部では発表されているから、当然、警視総監の命を狙っているグループにも、伝わっていると考えていいだろう。

担当者に連絡して、当日の検査内容を聞いてみたが、一日ドックの時と同じ種類の検査をするという。

三村警視総監の診察は、午前十時から始まって、問診、心電図、レントゲン、MRI、血液検査と続いていく。

もちろん、ほかの、外来患者や入院患者とは別の時間帯に心電図を取り、MRIなどを調べるのだが、どうしても、同じ病院だから、ほかの患者、あるいは、医師や看護師と一緒になってしまうこともある。

三村警視総監本人は、そんなことは、当たり前だから、一向に構わないといっているが、三村警視総監をガードするほうは大変である。

そして、午後五時に、すべて終わると、迎えの車で警視庁に帰ってくることに決まっていた。

十津川は、中央病院の平面図を借りてきて、それを使って、当日の警視総監の診察の時間を、いかにして警備するかを検討した。

十津川たちが、警備計画を作っている間に、三上刑事部長が、三村警視総監に、面会した。今回の診察を、延期してもらえませんかと、三上が、いったところ、素気なく、拒否されてしまったという。

体調を崩したのは、自分でも情けないが、こんな時だからこそ、いつも通りに、動くことが必要なのだと、三村警視総監は、三上刑事部長に、いったという。

もし、この診察を、秘密裡に行えば、警視総監は、暗殺が怖いのでこそこそと行動したと、いわれてしまうだろう。それは、警察の長として、これ以上の屈辱は、ない。だから、こんな時こそ、いつものように診察を受けに行くのだと、三村警視総監は、主張した。

これは、上に立つ者としては、当然の態度といってもいいだろう。

そのほか、警護はいつもと同じくつけないことを、三村警視総監は、強く主張した。

「民間の病院で、診察してもらうんだよ。そんな時に、私が、ぞろぞろと警護の刑事を連れていったら、もの笑いの種になるだろう。病院で出会う外来患者や医者、看護師が、そんな私を見て、どんなふうに思うだろうかね？　日本は平和な国なのに、警視総監まで自由に病院に行けなくなってしまったのかと、そう思われてしまったら、警視総監として、これ以上の恥辱はない。だから、警護は一切必要ないんだ」

ここでも、三村警視総監は、繰り返した。

3

十津川は、刑事たちを集めて、図上演習を繰り返した。

当日に、警護に当たる刑事たちは、一般の外来患者や入院患者、あるいは、見舞客に紛れて、三村警視総監が、診察を受けるために歩く順路に沿って、少し距離をとって、歩いていくことにした。

もちろん、その間に、狙撃犯と思われる人間が、現れれば、その時は、容赦なく、拳銃を使って構わないと、十津川は、刑事たちに、いった。

問題は、佐々木である。

佐々木も、間違いなく、この日、中央病院に現れるだろう。

十津川は、佐々木の写真を、何枚もコピーして刑事たちに、持たせた。

「もし、佐々木が中央病院に現れたとしても、彼が不審な行動に出ない限りは、逮捕したりせずに、見守ってほしい。現在、佐々木の一人娘が人質に取られており、三村警視総監を暗殺しなければ、娘を殺すと脅かされていると思われる。したがって、佐々木は、六月三十日にもホテルTの現場に現れたし、今回も間違いなく、中央病院に現れるだろう。

だが佐々木が本気で、三村警視総監を、狙撃するとは、思えない。それに、われわれが、佐々木を逮捕してしまえば、おそらく、彼の娘は殺されてしまうだろう。したがって、佐々木が、どのように行動するのかを、しばらくは、見守っていてほしいのだ」

と、十津川が、いった。

「その時に、もし、佐々木が、三村警視総監を、撃とうとしたら、どうしたらいいのですか？」

日下刑事が、質問する。

「もちろん、その時は、佐々木を狙撃して構わない。とにかく、三村警視総監の命は守るのだ」

と、十津川が、いった。

佐々木が、本気になって、三村警視総監の命を狙って撃とうとすることは、まず、あり得ない。

しかし、万一の事態に陥った場合は、十津川自身が、佐々木を、射殺してしまうだろう。

「しかし」

と、十津川は、すぐ付け加えた。

「今回は、ホテルTの場合よりも、犯人たちは、より必死で、三村警視総監を、殺そうとするだろう。君たちもよく知っている通り、黒田警察庁長官の問題が起きて、世間を、騒がせているからだ。

連中は、現在の政府と同じように、国民のための警察から、国家のための警察にしようという信念を持って動いている。その彼らにとって、今回の黒田警察庁長官の失言問題は、自分たちの立場を危うくする原因になるという認識を持っている。そこで、何とかして、そうならないためにも、反対派の切り札である三村警視総監を、必死で、消そうとしていると考えられる。いわば、追い詰められつつある連中が、いったい何をするか、どんな危険なことを、仕掛けてくるか分からない。だから、それをみんなで、これから考えることにする」

十津川は、もう一度、刑事たちと一緒に、連中が、どんな方法で、三村警視総監を暗殺しようとするのか、考えてみることにした。

一般的な手法は、見舞客に変装して、病院の中に、入ってくることだろう。見舞いの花束を持って、その花束で顔を隠しながら、三村警視総監のそばに、近づいていき、隙を見て、狙撃しようとすることも、十分に考えられた。

また、外来患者や入院患者に変装することもあるだろうし、時には、タクシーの運転手や、病院の職員、医師などに、成りすますことも考えられる。

そうした、さまざまな、バリエーションを考えて、それにどう対処するかを、二時間近くにわたって、十津川は、部下の刑事たちと、話し合った。

二時間話し合った後、当日の覚悟を決めて、十津川は、解散を宣言した。

第六章　罠と罠と

1

中央病院は、遠くから見ると、巨大なビルの壁面のように見える。ただし、名前こそ中央病院だが、建物のある場所は、神奈川県の相模原である。

当日の午前九時に、警視総監は、車でマンションを出ると、一時間で、神奈川にある中央病院に着き、そこからすぐに、検診を受けることになっていた。

ところが、当日の朝になって突然、三村警視総監の予定が、変更され、それが、十津川にも、伝えられた。

急に、予定が変更されることになった理由は、簡単だった。前日の夜になって、警視庁宛(あ)てに、男の声で電話がかかり、

「明日、われわれは、中央病院で三村警視総監を暗殺する」

と、それだけいって、電話を、切ってしまったからだった。

そこで、警視総監の安全を第一に考えて、急遽(きゅうきょ)、予定していたルートを変更し、東京からヘリコプターで、相模原の中央病院に向かい、屋上から、エレベーターを使って、各階での、診察を受けることになったというのである。

十津川は、三上刑事部長から、そうした、説明を受けていた。

二十階建ての中央病院の屋上にはヘリポートがあって、普段から、ドクターヘリに出動の要請が入るたびに、中央病院の医師がヘリコプターで出動している。ただし、急患以外の人間が屋上のヘリポートを利用するのは、今回が初めてだろう。

ただ、犯人が、なぜ、前日に脅しの電話をかけて来たのだろうか？　その疑問は残る。

犯人は、わざと、警視庁に脅しの電話をかけ、三村警視総監を車ではなく、ヘリコプターに乗せて、中央病院に、行かせようとしているのではないか？

もしかすると、そこに、犯人たちの狙いがあるのではないか？

十津川は、そんな疑問も持った。

とにかく、どちらの移動手段を、取るにせよ、三村警視総監には、一刻も早く中央病院に行ってもらう必要があった。警護に当る十津川たちにしてみれば、そのほうが、警護しやすいからである。

当日、十津川や亀井たちは、午前七時には警視庁を出発し、二台の覆面パトカーで、東名高速を、神奈川に向かった。

警視庁を出てから一時間で、相模原の中央病院に到着すると、十津川たち八人は、医者に化けて、白衣を着たり、見舞客を装って花束を抱えて、まず病院内を調べることにした。

屋上のヘリポートは、中央病院と、同じ高さか、より高いビルがあると危険だが、幸い周囲にはまだ田畠があったりして、中央病院だけが巨大で高かった。これなら総監が、ヘリで到着した時に襲われる危険は、少ないと思った。

十津川は白衣を着て医者に化け、各階のフロアを見て回った。

その十津川の携帯に、何度となく、三村警視総監の動きが、入ってくる。予定通り、三村警視総監と秘書は、午前八時半に、マンションを出発し、警視庁のヘリポートに行って、九時三十分に、ヘリコプターに搭乗。そこから、時速二百五十キロで、護衛のヘリコプター二機と、中央病院に向かっていると知らせてきた。

車で、中央病院に向かうとなると、犯人に、待ち伏せされ、襲われる危険性もあるが、ヘリコプターならば、その点は、おそらく大丈夫だろうと、十津川は、思っていた。

しかし、違っていた。

三村警視総監を乗せた警視庁のヘリコプターは、突然、二機のヘリコプターに、追跡されているという。どうやら、マスコミが、事件の動きを察知して、取材用のヘリコプターを、飛ばしたのだ。

(危ないな)

と、十津川は、思った。

新たに姿を現した、二機のヘリコプターは、取材用ヘリコプターらしいのだが、犯人が、新聞社のヘリコプターを装って、三村警視総監の乗っているヘリコプターに近づき、襲ってくる可能性も、あったからである。

そこで、護衛のための、警視庁のヘリコプター二機は、三村警視総監の乗ったヘリコプターの後を、追いかけるような形で飛び、最後は、二機で挟む形で、中央病院に向かうことにした。

白衣を着た、十津川と亀井は、中央病院の屋上で、三村警視総監の乗ったヘリコプターを、迎えることにした。

午前九時四十五分、三村警視総監を乗せた警視庁のヘリコプターが、中央病院に到着した。

ヘリコプターの真上で、護衛の警視庁のヘリコプター二機がホバリングをしている間に、警視総監と秘書の二人がヘリを降りてきた。それを屋上で、十津川と亀井が、万一に備えて、拳銃(けんじゅう)を背広の内ポケットに忍ばせたままで、出迎えた。

そのまま、三村警視総監は、エレベーターでまず二階の内科診療室に向かった。

そこで、医師の問診がある。その後、同じ二階の診察室で心電図を取る。

三村警視総監のそばには、秘書がピッタリと寄り添って、その外側を、医者や見舞客に変装した十津川たちが、取り囲んで、護衛に当たる。

心電図を取り、MRIを取り、その間には地下に行って、血液を採取しての血液検査も行われる。

時間が、ゆっくりと、経(た)っていく。それだけ重苦しく、緊迫した空気が、中央病院の廊下や病室などに、漂っているということなのだ。

それでも、午前中は、何事も、起きることなく、正午になった。

予定では、正午には、院長室で、院長と三村警視総監、そして、秘書の三人が、用意された昼食を食べながら、五十歳を過ぎた警視総監の健康について、院長から、話を聞くことになっていた。

院長室の外には、十津川や亀井たちが、控えている。

中央病院は、いつものように朝から、外来患者と見舞客でいっぱいだった。

今ここにいる、大部分の外来患者や見舞客は、今日、警視庁の三村警視総監が、検診のために、ここにきていることは知らないだろう。もし、知っていたとしても、警視総監が、何者かに、命を狙われていることまでは、知らないに違いなかった。

それを、承知して動いているのは、十津川や亀井たち、警視庁捜査一課の刑事と、地元神奈川県警から、応援に来ている七人の刑事だけである。

「佐々木や原田は、すでに、ここに来ていますかね？」

亀井が、そばに来て、小声で、十津川にきいた。

「ああ、来ている。さっき、一階の待合室で、佐々木の顔を、見かけたよ。おそらく、佐々木は、警視総監を狙わなければ、犯人に娘が殺されてしまう状況だと思うよ」

「原田のほうは、どうですかね？　来ていますかね？　私は、まだ、彼の姿を見かけていないんですが――」

「私も、原田の顔は、見ていない。原田は、私たちとは、違ったことを考えているのかも知れないな」

「私たちと違う考えというのは、どういうことですか？」

「犯人グループは、三村警視総監を、狙っている。それならと原田は、警視総監を、守るよりも、警視総監と反対の立場にいる総理大臣や、法務大臣、あるいは、警察庁の黒田長官を狙っているんじゃないのか？　そんな気がして、仕方がないんだよ」

「どうして、原田は、そこまで、考えてしまっているんでしょうか？」

「実は、昨夜遅く、私は、原田に、電話をかけてみたんだ。その時に、原田が、こんなことをいっていた。日本のためにならない権力者がいたとしたら、その人間を、殺すことも許されるんじゃないでしょうかと、聞かされたんだ」

「警部は、どう、答えられたんですか？」

「それは、決して許されることではないし、私も許さない。もし、君が、三村警視総監とは反対の立場にいる総理大臣や法務大臣を狙っていることが分かれば、私は断固として、それを、阻止するし、君を逮捕する。そういっておいた」

「それに対して、原田は納得したんですか？」

「いや。こんなこともいった。十津川さんが、危険な権力者を守って、そのため将来、日本が独裁国になったら、その時、その責任を取れるんですか、とね」

「その総理大臣や法務大臣、それに、警察庁の長官たちは、今、いったい、どこにいるんでしょうか？　まさか、今日、この中央病院に来ているということは、ないでしょうね？」

亀井が、きく。

「総理や法務大臣は、ここには来ていない筈だ。問題は、警察庁の黒田長官だ。おそらく大きなミスをして、そのことについて、総理大臣や法務大臣に叱責されているに違いない。だから、そのマイナスを何とかして、取り返そうとして、自ら、この中央病院に来て三村警視総監を狙うことだって、十分にあり得ると、私は考えている」

十津川は、冗談などではなく真面目な顔で、いった。

十津川の心配は、取りこし苦労では、なかった。

十津川の携帯に、警察庁の黒田長官が、辞表を提出したというニュースが、飛び込んできたからである。

さすがに、世論にはこれ以上逆らえないと思った上での判断だろう。

原田の予測したように、確かに、更迭はされなかったが、辞表を出させて、決着を図ったのだろう。

　黒田は、自分がミスをして、総理や法務大臣の側に立つ人間として、その陣営に大きなマイナス点をつけてしまった。それが申し訳なくて、辞表を、提出したというだけであれば安心なのだが、辞表を提出しておいて、一個人として、自分のマイナス点を、取り戻そうとしているとすれば、この中央病院にやって来て、三村警視総監を狙う恐れが、高まっていることになる。

　一時間のゆっくりした、中央病院の院長との昼食会が、終わると、次は、がん検診である。

　がん検診は、三村警視総監のほうから申し出て、レントゲン撮影や、中央病院が最近導入した、最新のがんの検診機械にかかることになっていた。

　PETと呼ばれる、アメリカ製の最新のがん検診機械は、中央病院の地下二階にあった。

　一階の病院の入り口は、一ヶ所にしかなくて、その点は、安心なのだが、地下二階からは、もちろん一階の正面入り口に、出ることができるし、直接広大な駐車場に、出る通路もあった。逆にいえば、入ってくる通路もあるということである。

　内科や外科、あるいは、泌尿器科（ひにょうきか）といった診察室は、三階、四階の明るい場所にあ

って、外来患者の姿も多く、にぎやかだが、地下二階のがん検診の最新機械のあると
ころは、人も少なく、ひっそりとしていた。
当然地下二階は、犯人たちも自由に歩き回ることができるから、十津川たちも、地
下二階に移動して、人気(ひとけ)のないレントゲン室や廊下などを、見張ることにした。
当初から、がん検診のほうは、ほかの検査に比べて時間がかかるものと、されてい
た。最新の機械を使って、より丁寧に検診するからである。
したがって、三村警視総監のがん検診には、一時間の時間が、予定されていた。
いつもなら、一般の外来患者の中にも、がん検診を行う患者がいるのだが、今日、
この地下二階で、がん検診を受けるのは三村警視総監だけだった。

2

佐々木は、犯人たちから拳銃を与えられ、中央病院で、三村警視総監を狙撃(そげき)するよ
うに命じられていた。
佐々木に連絡してきた男は、本日が最終決戦だと、いった。
したがって、警察側にも、前日に犯行予告をするし、失敗したら、娘の命も保証出

来ないといった。

佐々木は、だからといって、変装をするわけでもなく、最初は、普通の背広姿で、一般の見舞客に紛れるように中央病院の一階の待合室にいた。

十津川警部に、顔を見られていることを、佐々木は、承知していた。佐々木は、自分のほうから、十津川に、ここに来ていることを、わざと知らせようとしていたからだった。

原田にも、今日の決行場所のことは、伝えてあり、原田から十津川に伝わることを期待していた。

自分が今、どこにいるか知らせておけば、万一、自分が、三村警視総監を狙ったとしても、その時は、逆に十津川たちに撃たれて死亡するか、あるいは、負傷して、逮捕されることになるだろう。

さくらのことを考えると、胸が張り裂けそうになるが、それはそれで、仕方がない。そのときは、十津川たちに、さくらの救出を任せるしかないのだ。

佐々木自身は、そう考え、覚悟していたからである。

心配なのは、自分が、最初から、捨て駒(ごま)になっていた場合のことだった。

実際に三村警視総監を狙うのは、犯人たちの一人であり、そうしておいてから、佐々木を犯人に仕立て上げようとしているのではないかということだった。佐々木が恐れていたのは、そのことなのだ。

犯人たちは、娘のさくらを、誘拐しているから、そのことで、佐々木を脅かせば、どのようにも佐々木を利用できるのだ。

最初、待合室の椅子に座ると、佐々木は、一枚のメモ用紙を、取り出した。それは、犯人グループから与えられた、今日の、三村警視総監の予定表だった。

「ヘリコプターで午前九時四十五分、中央病院の屋上に到着、その後は、内科での問診、レントゲン、ＭＲＩ、昼食、そして、地下二階に行って、最新機械によるがん検診」

明らかに、犯人たちは、自分たちの犯行予告によって、三村警視総監が当初の予定を変更して、中央病院のヘリポートを使用することを知っていたのである。

そのことに、佐々木は、大きな不安を感じていた。新聞に発表された警視総監の予定表ならば、誰もが、知っていても不思議はない。

ところが、今日、中央病院で行われる診察は、警視庁の、公用車で行く予定を、急遽変更して、ヘリコプターで、向かうことになったのだ。一部のマスコミは、嗅ぎつけたものの、この変更は、もちろん一切発表されていない。

それなのに、犯人たちは、急な予定変更の内容を、はっきり知っていたし、落ち着いて対処している。

(犯人たちに内通している人間が、いる)

と、佐々木は、思った。

待合室にいる佐々木のそばに、警視庁捜査一課の西本刑事が、近づいてきた。

それに気付いて、佐々木は、メモ用紙を取り出すと、

「病院の内部に、犯人グループへの内通者がいる」

とだけ、急いで書き、それを、椅子の上に置いてから立ち上がり、わざと、待合室を出ていった。

西本刑事が、こちらの行動を見ていれば、あのメモ用紙を見て、十津川に、知らせてくれるだろう。

待合室を出た途端に、佐々木の携帯電話が震えた。

犯人からの新しい指示だった。

「今すぐに、地下二階に行け。がん検診が終わって、診察室から、獲物が出てくるはずだ。どんなことをしてでも、必ず、警視総監を殺せ。いわれたようにしなければ、娘の命はないものと思え。分かっているな?」

それだけいうと、犯人は、電話を切ってしまった。

3

エレベーターで地下二階に降りていくと、さすがに、そこには、人の姿が、ほとんどないので、廊下は、ひんやりとしていた。

それでも、二、三人の外来患者が、歩いていたり、車椅子を押す親子の姿が、急に出てきたりする。広い廊下は、五、六メートルごとにガラスのドアがある。近づくと自動的に開くのだが、それでも、何かをしようとしている人間にとっては邪魔になるドアだ。

佐々木は、そのドアの前で、立ち止まった。

十メートルほど前方のガラスドアの向こうに、十津川と亀井の顔があった。

佐々木は、今、自分がそこにいることを、十津川が、はっきりと、分かっていることを信じた。これならば、自分が、警視総監を狙おうとしたら、逆に、十津川に撃たれてしまうだろう。

その時、遠くのエレベーターから西本刑事が降りてきて、さっき、佐々木が、書いたメモ用紙を十津川に渡しているのが見えた。

メモ用紙を確認した後で、十津川が、こちらを、見た。

4

その時、佐々木の携帯電話が、再び震えた。

佐々木が、電話に出ると、

「準備はいいか？ まもなく、標的が、がん検診室から、出てくるぞ。今のお前の位置から十二、三メートル前方だ。廊下の中央に立って、標的を狙って、しっかり撃て。さもなければ、娘を殺す」

と、男の声が、いって、電話を、切ってしまった。

佐々木は、男の脅しよりも、がん検診室から、まもなく、警視総監が出てくるといった犯人の言葉のほうに、驚いていた。警視総監の動きを、犯人は、極めて、的確に把握しているからだ。

どうやら、内通者がいるらしいことは、前々から感じていたが、今の犯人の言葉から想像すると、がん検診室の中にまで、犯人の仲間が、いるということなのだろうか？

もう一つ、佐々木の頭に浮んだのは、監視カメラのことだった。

今や、日本中に監視カメラが取りつけられているが、この中央病院の中にも、監視カメラが、いたるところに、備えつけられているはずだ。

長い廊下（通路）の五、六メートルごとにガラスのドアがあるが、あのドアの天井のところに、監視カメラがついていて、その集中制御室がこの病院のどこかにあって、そこで犯人が画面を見ながら、あれこれ指示を与えているのではないのだろうか？

佐々木は、この中央病院の平面図を思い出してみた。

中央制御室が、どこかになければ、おかしいのだ。

（多分、院長室の近くだろう）

だが、そのことも、十津川たちにどうやって、伝えたらいいのか？

佐々木は、ゆっくりと廊下の真ん中で、立ち止まって、十二、三メートル先のがん検診室のほうに、目をやった。

十津川が、じっと、こちらを見ている。

そばにいる亀井刑事に、十津川が、何かをいっているらしいのだが、もちろん、佐々木には、十津川が、いったい何をいっているのか聞こえる筈がない。

実際には、

「カメさん、どうも変だぞ。何か様子がおかしい」

十津川は、亀井に、小声で、いった。

どこかで誰かに、監視されているような気がして仕方がないのだ。それに、こちらを見ている佐々木がいる。

さっきから、佐々木も、この地下二階の廊下に来ていることは、知っていた。

佐々木が待合室で書いたメモも、西本が持って来て、十津川に見せている。

彼が、犯人の命令で動かされていることを、十津川ももちろん、知っている。だから、わざと、佐々木は、こちらに向って、顔をさらしているのだろう。万一の場合は、自分を撃ってくれといっているのだ。

(問題は、他の犯人なのだが――)

と、十津川は、思っていた。

原田の姿は見えないから、予想どおりここには、来ていないのだし、十津川が、心配している動きをしようとしているのかも知れない。

十津川が、理解している犯人グループは、自分たちが、描いている国家に、日本を造り直そうと考えているグループだ。一つの意識、目的を持ったグループだ。

日本も、今は平和で昭和十一年二月二十六日のような空気は、持っていないとみて、いいだろう。どんな構成員なのかわからないが二・二六の時のような若い軍人たちの集まりでもないだろう。

だが、平和な時代に、混乱を望み、自由よりも、強権を期待しているのだから、ある意味では、二・二六の若い軍人たちより、危険かも知れなかった。

二、三分して、がん検診室のドアが開いて、四十歳ぐらいの女医と、三村警視総監が談笑しながら、廊下に出て来た。

佐々木は、この時、三村より、女医の方に、眼を向けた。

サングラスをかけた鋭角的な顔は、いかにも才気あふれる感じがする。

佐々木には、女医が、心から楽しそうに話しているように見えた。

十津川は、十二、三メートル前方で、佐々木が動くのを見た。

その間に、二枚のガラスのドアがある。

自動ドアだ。もし、突進したら、その二枚の自動ドアは次々に、開いていくだろう。

それを考えたら、あっという間に、接近してしまう。

十津川は、素早く、警視総監と、佐々木の間に、割り込んでいった。それは、三村総監の安全のためでもあり、佐々木のためでもあった。
十二、三メートル前方で、佐々木が肯くのが見えた。
そして、十津川が、反対側に目をやろうとした、その時だった。

佐々木が、拳銃を抜き出して、廊下に腹這いになり、三村総監に向かって、その引金をひいたのだ。

それは、一瞬の出来事だった。

大きな衝撃音が、静まり返った病院の廊下に、響きわたった。

5

佐々木がいきなり銃を撃ったことに、十津川の頭は、混乱した。

まさか、佐々木のほうから、先に、銃を撃ってくるとは、まったく、思っていなかったからでもある。

佐々木が、いきなり腹這いになった瞬間、彼が警視総監を狙うとは、十津川には、とても思えなかった。三村警視総監は、女医と話しながら出てきて、ゆっくりと、歩いていたのだ。

歩いている警視総監を狙うのであれば、腹這いになるよりも、廊下に立ったまま、狙うほうが、命中しやすいからだ。

十津川の脳裏に、とっさに思い浮かんだのは、例の六月三十日に起きた、ホテルの事件だった。あの時、佐々木は、SPたちの気がつかなかった暗殺者を見つけて、拳銃で狙い撃ち、そのあと、姿を消したのである。

そのことを一瞬に思い出して、反射的に、十津川は、後ろを、振り返った。

白衣姿の女医が、ひざをつきながら、廊下に、ゆっくり倒れていくのが見えた。

女性用のベレッタ二二口径の拳銃が、彼女の手から落ちて、廊下を滑っていくのが見えた。

「総監を守れ！」

と、十津川が、刑事たちに向かって、大きな声で、叫んだ。

その声に反応して、亀井刑事や、ほかの刑事たちが、一斉に、警視総監の周りを取り囲んだ。

若い日下刑事が、廊下に腹這いになっている佐々木を狙う姿勢になっているのに気付いて、

「やめろ！　撃つんじゃない！」

と、大声で制した。

佐々木は、すでに拳銃から手を離して、動こうとしない。

十津川は、一瞬、迷ってから、

「総監を、がん検診室に隠せ！」

と、指示した。そうしておいてから、今の銃声で、地下二階の廊下に飛び出してきた医者や看護師、それに外来患者たちに向かって、大声で叫んだ。

「警視総監が撃たれた！」

同じ言葉を、二度、三度と、繰り返した。

その言葉で、更に、人々が、地下二階に集まってくる。

新しい野次馬に向かっても、十津川は、更に同じ言葉を何回も、繰り返した。

「警視総監が撃たれた！」

もちろん、撃たれた三村警視総監の生死については、何もいわなかった。それは廊下に、腹這いになったまま動こうとしない、佐々木のことを、考えたからだった。

佐々木が実際に総監を狙撃はしたものの、無事だと犯人たちが知ったら、佐々木の娘さくらは、犯人たちに、殺されてしまう恐れがある。それを防ぐための時間稼ぎだった。

もう一つの狙いは、犯人グループ対策だった。彼等の正体も知りたかったし、なぜ執拗に三村総監を狙うのか、その理由も知りたかったからである。

地下二階の通路に飛び出してきた医者が、看護師たちを、部屋に戻している間に、新聞記者たちは、エレベーターに向かって走っていった。一刻も早く警視総監が中央病院で、狙撃されたというニュースを、送ろうとしてである。

十津川は、それを見ても、止めようとはしなかった。

十津川は、動こうとしない佐々木を助け起こして、一緒に、がん検診室の中へ入った。

撃たれて倒れている女医の体は、ほかの刑事たちが、同じように、がん検診室に、運び込んだ。

部屋の中の椅子に、座っていた三村警視総監が、十津川を見て、

「いったい、何が起こったんだ？」

険しい表情で、質問した。

「実は、この女医が拳銃で総監を撃とうとしたのです。それを、こちらの元警視庁刑事の佐々木さんが目撃して、近くの警察官に教えたのです。危ないところでした」

横にいる佐々木を、目で追いながら、十津川が、いった。

「この女医さんが、私を狙ったのか？　それは本当か？」

青ざめた顔で、三村警視総監が、十津川に、きく。

「状況から見て、そうとしか考えられません」

と、いってから、十津川は、まだ小刻みに体を震わせている、佐々木に向かって、

「君は、この女医さんのことを何か、知っているのか？」

「今になって、やっと、思い出しました。先月、私が、娘を連れて、鳴門の渦潮を見に行った時、私と娘を監視するように見ていた女性がいたんです。この女医は、彼女とよく似ています。おそらく同一人物だと思います」

と、佐々木が、いった。

「そこで、君の娘さんが、誘拐されたんだな？」

と、十津川がきいた時、女医が、初めて小さな、うめき声を挙げた。

佐々木の撃った拳銃の弾丸は、女医の左肩に命中していたが、死んではいなかったのだ。

外科医が止血などの応急処置を施したが、女医は、まだ、意識を回復していなかった。

6

「総監は、彼女を、前からご存知だったんですか？」

と、十津川がきいた。

「いや。今日、この病院に来て、院長から初めて紹介されたんだ。一週間前から、ここに勤務しているそうだ。なんでも、アメリカのハーバード出身で、日本のがん研究者の中では、一、二を争うほど優秀で、院長も彼女がこの病院で働いてくれることを、とても喜んでいたよ。名前は確か、小西あかりと自己紹介されている」

と、総監が、いう。

まだ、意識の回復しない女医の胸には、確かに「小西」の名札がついていた。

「本当に、彼女が私を狙ったのかね？」

総監は、まだ半信半疑の表情である。

十津川は、彼女の持っていた拳銃を、総監に見せた。

「彼女は、この拳銃を持っていました。女性がよく使うベレッタの二二口径です」

「これでかね？」

「総監と、廊下に出た直後に、彼女は、このベレッタを取り出しています」

「しかし、私を狙うためか、私を守るためかわからんだろう？」

「その時点で、医者なのにベレッタを持っていたのですから、総監を狙っていたとしか、考えられません」

と、十津川は、断定した。

佐々木の置かれた状況や、他にも暗殺者がいる可能性については、あえて触れなかった。

「そうなると、誰かが、私を守るために、女医を撃ったことになるんだな？」

「そうです」

「その命の恩人に、礼をいいたいが」

「それは、あとにして頂けませんか。これから、マスコミが、どっと押しかけて来ます。その時に、どう対応するか、考えておく必要があります」

十津川が、いうと、総監は、急に、皮肉な表情になって、

「君は、私を重態にしておきたいみたいだな？」

「犯人グループの反応を見たいからです」

と、十津川は、いった。

「どうやったら、可能だと思っているんだ？」

「今、総監が、いわれたように、重態説を流せば、強硬派も穏健派も、旗色を鮮明にする可能性があります」

「相手の顔色が見られるか？」

「そうです」

「しかし、どうしたらいい？　私が重態で、この病院の特別室に入り、面会謝絶にするか？」

「それが、一番自然だとは、思います。病院で撃たれて重態の総監を、わざわざ、別の場所に移すというのは、不自然ですから。ただ、あの女医のことを考えると、ここにいるというのも危険な感じがします。そこで、ご相談ですが、総監は重傷で、この病院に緊急入院ということにして、実際には、替玉を入れ、総監は、他の場所に、しばらく隠れて頂く。それが、今の時点では、最善だと思っていますが」

「自宅や、官舎に隠れるのは、危険か？」

「犯人グループは、必ずその両方を調べると、思います」

「じゃあ、何処に隠れたらいいんだ？」

「総監とは、無関係で、安心できる場所があれば、一番いいんですが」

「そんな都合のいい場所があるかね？」

三村が笑った。少しずつ、穏やかになり、皮肉をいわなくなった。

十津川は、三村総監を隠す場所を見つける前に、他のことを、片付けることにした。

全て、三村が重傷を負ったという、嘘を真実らしく見せかけるためだった。

まず、三村総監を特別室に入院させる手続きである。

身代わりには、信用が出来て、年齢が近いということで、亀井刑事に、ニセの三村総監をやらせることになった。

院長は、女医の小西あかりのことがあるから、こちらの要求を拒否できないだろうという、読みがあってのことである。

すぐ、院長に、地下二階のがん検診室に来て貰い、小西あかりと、ベレッタ二二口径を見せ、こちらの計画を承知させた。

三村総監の身代わりになる亀井刑事を、最上階にある特別室に、三村総監として、収容した。

特別室は、ホテルのスイートルームのようだ。通路からすぐの部屋には、もっともらしく、若い刑事を交代で、置くことにした。

次は、ホンモノの三村総監の隠れ場所である。

いろいろ考えたが、適当な場所が、考えつかなかった。一番の問題は、三村が東京の警視庁の総監だということだった。

「従って、軽井沢のように、東京から離れた場所に隠れることは困る。警視庁に何かあった時には、一時間以内に駆けつけられることが、私の条件だ」

これが、三村本人の希望だから、結局、考えた揚句に、都内のホテルに入ってもらうことに決めた。

ホテルには、長期滞在者のために、特別室が、用意されている。Tホテルにも、小さなキッチンの付いた、特別室がある。

その一室を、三ヶ月の予定で借り、三村総監が、他人の名前で、隠れることに決め、すぐ実行された。

十津川は、これらをがん検診室からの指示で、手際よくすませた。

次の問題は、佐々木の娘、さくらの救出をどうするかだった。

まず、犯人グループとの連絡だったが、これは、向こうから電話が、入った。

佐々木の携帯が鳴り、それは犯人からだった。男の声で、

「よくやった」

と、いう。

「もう、娘を返してくれてもいいだろう。すぐ解放してくれ」

「三村の死が、確認できるまで駄目だ。それまで娘は保険だ」

と、男の声はいい、電話は、すぐ切れてしまった。

この会話は、録音された。

「これを聞くと、犯人グループに、娘さんを返す気はないね」

と、十津川は、いった。

「三村総監が死んでも、犯人は、娘さんを殺す。自分たちの秘密を知られたくなくてだ」

「何とか、取り返せませんか？　このまま、娘と会えないのは耐えられないんですよ。もう一度、一緒に旅行の続きをやりたいんです」

と、佐々木が、いう。

「どうなるかは、彼女にかかっているね」

十津川は、部屋の隅で、いぜんとして、意識を取り戻さない女医小西あかりに、眼をやった。

「左肩のあたりを狙ったつもりですから、死ぬ筈はないんですが――」

と、佐々木が、いう。

その女医が、一瞬声をあげたが、目を開けることはなかった。

それでも、十津川たちは、根気よく、待った。とにかく、佐々木は撃ったが、弾丸が命中したのは、左肩の部分である。ショック死の可能性はあるが、それ以外の理由で、死ぬ可能性はまずなかったからだ。

三時間後、小西あかりが、三度目のうめき声を発し、今度は、そのまま、室内を見廻したあげく、じっと、佐々木を見つめたのだ。

すかさず、佐々木が、声をかけた。

「私は、あんたを覚えているんだ。娘のさくらは、鳴門の渦潮の展望室で、誘拐されたんだが、あそこに、あんたがいたんだ。私は、犯人は、てっきり男だと思い込んでしまっていたんだが、本当は、あんたが、誘拐の指揮を取っていたんだ」

「それに――」

と、十津川が、追い討ちをかけた。

「われわれは、あなたが、三村警視総監を撃つところは、見ていない。現実に撃っていない。だから、あなたの態度次第で、三村総監の狙撃については、不問にしてもいいと思っている。その代り、佐々木元刑事の娘さんが、何処に監禁されているか、それを教えて欲しい。もし、教えてくれるのなら、記者会見では、あなたについて、何も言及しない。どうですか？」

「私が、どうして、誘拐事件のことを知ってると思うんですか？」

と、女医が、きく。

佐々木が彼女を睨(にら)んだ。

「私の娘のさくらは、用心深くて、他人に声をかけられても、簡単に、話に応じたり、ついていくことはないんだ。だから、なぜ、あっさりと、誘拐されてしまったのか、不思議だったんですよ。しかし、医者のあんたに声をかけられたのなら、別だ。ハーバード出身で、現代病に詳しいあんたに話しかけられたのなら別だ。さくらは、難病で、あと半年の命といわれていた。またその病気は、がんの一種だとも医者にいわれていたから、あんたの話なら、夢中になって聞いたと思うんだよ」

と、佐々木が、決めつけるように、いった。

女医は、小さく溜息(ためいき)をつき、今度は、十津川に向かって、

「警察は、本当に取り引きをしてくれるんですか？　私を守ってくれるんですか？」

と、きく。

「今もいったように、それは、あなた次第だ。あなたが、助かる道は、佐々木元刑事の娘さんの監禁場所をわれわれに、教えてくれた場合だけだ。他に、あなたが助かる道はないんだ」

十津川が、突き放すように、いった。

「佐々木さくらさんの現在の監禁場所は――」

と、女医は、具体的に話し出した。

十津川は、地図も描かせて、

「すぐ、行ってくれ」

と、部下の刑事たちに、命令した。

彼等よりも先に、佐々木が、がん検診室を飛び出していた。

その直後に、三上刑事部長から、十津川の携帯に電話が入った。

「今、テレビにニュース速報が流れて、三村警視総監が、中央病院で狙撃されたといっているが、それは間違いないのか？　総監は、本当に撃たれたのか？」

と、三上が、緊張した声で、十津川に、きいた。

「大丈夫です」

「無事なのか？　それとも、ケガをされたのか？」

「狙われたのは本当ですが、実際には、警視総監に対しての発砲は、されませんでした。ですから、幸い、ご無事です。ご安心ください」

「それを聞いて、ほっとしたが、総監が撃たれたという情報を流したのは、君だな？」

「何とか、この際、状況を明るいものにしたい気持からです。本当の敵がいったい誰なのかも、はっきりしたいと思っているんです」

「佐々木元刑事の娘さんの件は、どうなった？」

と、三上が、きく。

「その件は、無事に助け出すことが出来そうです。これで、敵と対等に戦えそうです」

「君は、まだ、新しい事件のことを、知らんのか？」

「何かあったんですか？」

「原田元刑事が、抗議文を持って、黒田前警察庁長官のマンションに押しかけて行って、射殺された」

「抗議文を持って行っただけでですか？」

「いや。原田は、自分の家に伝わる短刀を持って行き、それで、腹を切れと、迫ったんだ。万一に備えて、二人のＳＰが、ついていて、その一人が原田を射殺した」

「参りましたね」

と、十津川は、小声になっていた。

犯人グループは、三村警視総監を狙って失敗し、マイナス点をつけた。これで戦いやすくなったと思っていたのに、原田の激情によって、こちらもマイナス点をつかんでしまった。

(これからも、苦戦が続くな)

と、十津川は、覚悟した。

第七章　最終章

1

佐々木は、中央病院を飛び出すと、すぐタクシーに飛び乗った。きっと、十津川警部達が追いかけて来るだろうと、予想したからである。もし捕まってしまえば、穏やかに娘を救い出せと言うに決まっていた。佐々木自身、自分がどう動くか分からなかったが、それを制約されたくないのだ。

「平塚の海岸沿いに正気の館（やかた）という二階建ての家があるはずなんだ。そこに行ってくれ」

と、佐々木は、運転手に、いった。

小西あかりがいった、さくらの監禁場所に向かう。

タクシーは、神奈川の海岸線を走る1号線に入って西に向かった。運転手は車を走らせながら、ナビで佐々木の言う正気の館を探してくれた。

「ああ、ここにありますね。正しい、気の、館。これで良いんですか？」

と、きく。

「それでオーケイだ。とにかく急いでくれ」

と、佐々木が、いった。

平塚で、国道1号線から海岸通りに下りた。海岸線に沿って、ポツンポツンと家が残っている。たいていは、ほとんどが夏だけの、いわば海の別荘か民宿である。数日後には、賑（にぎ）わうのだろうが、ほとんどの家が閉まっている。その中で二階建てで、二階の屋根の所に大きく『正気の館』と書かれた家は目立っていた。運転手がその家の近くまで行って停めようとするのを、佐々木は、

「この辺でいい」

と、かなり手前でタクシーを降りた。海岸沿いの道路を、時々トラックや自家用車

が走り抜けて行く。

佐々木は、正気の館に向かって歩きながら、ポケットから拳銃を取り出した。犯人グループから与えられた拳銃である。弾丸は三発しか入っていなかった。その一発を中央病院で使ってしまったから、今、彼の拳銃に装填されている弾丸は、二発だけである。二発で足りるかどうかは、相手の出方次第である。最高でも、相手が二人ならば、何とか戦えるが、三人以上も連中が居たら、とても戦えないだろう。そんな事を考えながらも、佐々木の足は止まらなかった。佐々木は正気の館の裏手にまわった。耳を澄ましても、内から物音は聞こえてこない。

『正気』という言葉は、明治維新の時に、若者達が叫んだ言葉である。今、その言葉を犯人グループが使っている。佐々木はじっと家の中の様子を窺い続けた。しかし、相変わらず物音は聞こえてこない。

佐々木は近くに落ちていた石を拾うと、勝手口のガラス戸に向かって投げつけた。ガシャン、という音が意外に大きく響いた。だが、誰も飛び出しては来ない。耳を澄ましても、家の中で騒ぐ気配は無い。佐々木は覚悟を決めて、勝手口のガラス戸を開けて中に入った。

入ってすぐの所が、大きな広間になっていた。板の間である。そこには、空手の道具や剣道の道具、そして銃の試射が出来るようになっていた。ここで犯人達は体を鍛え、三村警視総監暗殺の計画を練っていたのだろう。その広間の隣が、簡単な応接室になっていた。壁には、この平塚の正気の館の写真が飾られ、その横には、軽井沢にもあるらしい正気の館の写真がかかっていた。この平塚の正気の館は「春の道端」と書かれ、軽井沢の方は「夏の道端」と書かれている。

依然として人の気配が無い。佐々木は拳銃を構えながら、階段を二階に向かって上がっていった。

二階に上がってすぐの部屋が、広い洋間だった。だが、ここにも人の気配はない。

(逃げたのか)と佐々木は一番奥の部屋のドアを開けたが、その瞬間声を失った。部屋の真ん中に置かれたテーブルの上に佐々木の娘、さくらが横たわっていた。

息をしていないのだ。刑事生活を長くやっていた佐々木には、そこに横たわっている娘のさくらが、すでに死んでいる事がすぐに分かった。それでもなお、

「さくら」

と呼びかけ、白くなった頬に手を当てた。冷たい感触、それは生気の無い感触だ。

佐々木は、死後硬直で固くなっている娘の体を抱き締めた。涙が、出た。そして徐々に怒りが込み上げてきた。今日、犯人が電話した時、すでに娘のさくらは死んでいた

のである。それを隠して犯人はさくらを脅しに使い、佐々木に警視総監の暗殺を命令した。

しばらくの間、佐々木はさくらを抱き締めていたが、そっとテーブルの上に戻すと、ゆっくりと階段を下りていった。

確か、道場のような板の間の部屋に、名札が下がっていたのを思い出したのである。十人、名札が下がっていた。それを外して佐々木はポケットにいれた。この中の誰が、さくらを殺したのか。その後、佐々木は、道場に火を点けた。消えそうになりながら、いつの間にか火が走って、正気の館はたちまち紅蓮の炎に包まれた。

佐々木は少し離れた場所に立って燃え上がる二階建ての建物を見つめた。犯人達の館に火を付けたという気は無かった。彼の心にあったのは、亡くなった娘のさくらを、茶毘にふしている気持ちだった。ここには、誰も居ない、あるのは、さくらの遺体だけだ。それならこの炎は、娘のさくらを焼く炎である。

建物全体が炎に包まれた所で、佐々木は近くの駅に向かって歩き出した。その途中で、サイレンを鳴らして駆け付ける消防車に出会った。一台、二台。しかし、一人でポツンと海岸の道路を歩く佐々木を、怪しんで声をかける消防隊員は居なかった。

駅に着くと、佐々木は東京までの切符を買って電車に乗った。唇から血が出ているのを知って、佐々木はハンカチで拭い取った。炎が舞い上がった時、じっと娘のさくらの事を考えて唇を嚙みしめていて、つい血がでてしまったのだろう。佐々木は東京駅で新幹線に乗り換えて、軽井沢に向かうつもりでいた。

2

十津川は、部下の刑事四人を、平塚に向かわせる時、

「佐々木が居たら、娘のさくらを救うのを手伝ってやれ。しかし、むやみに人を殺しちゃいかん。犯人が居たら逮捕して連れて来い。いたずらに殺せば、我々の勝ちが無くなるからな」

と、指示した。

四人はすぐ、パトカーで国道1号線を平塚に向かった。

「これからどうなるんだ？」

と、三田村刑事が誰にともなく、きいた。

北条早苗刑事が、答える。

「総監に敵対してる連中が、総監が亡くなったと信じれば、今まで隠していた本音を

どんどん出してくるわ。どんな風に連中が出て来るのか、今はそれを見ている所じゃないかしら。連中の本音が分かれば、こちらもそれに対応する方法が見つかるから」

「今のところ、戦況は五分五分、かな」

と、日下が、いった。

「総監の暗殺に失敗したから、向こうがマイナス一点。しかし、元警視庁刑事の原田が黒田警察庁長官を殺そうとして、逆にSPに撃たれて死んでしまった。これは明らかに、我々のマイナス一点。とすれば、現在は五分五分の形勢だろう。今、北条刑事がいった様に、敵が総監の死亡を信じて、何かバカな事をしでかしてくれれば、こちらの勝ちになる」

「連中が総監の死を信じれば、どんな事を始めるだろうか」

と、三田村がきいた。

「考えられるのは、三村警視総監が死んだと信じれば、自分達と同じ考えを持つ人間を、警視総監に推挙してくるだろう。黒田警察庁長官の後釜（あとがま）には、もっと気の強い人間を据えて、優しい警察よりも強い警察、そしてその強い警察が支配する、強い国家の方向に走るだろう」

「その時、向こうが、あまりにも強い態度で警察を押さえ、国家を押さえたら、国民もバカじゃないから、我々の勝つ可能性もある」

と、西本がいった。が、四人の刑事の顔に笑顔は無かった。自分達が勝てる自信が今は持てなかったのだ。

「これから行く平塚で、犯人グループを逮捕出来たら、少しは、我々にとって戦果になるんじゃないのか？」

と日下がいう。

「だから、十津川警部が心配していたんだ。いくら暗殺を企（たくら）んだ犯人グループだといっても、闇雲（やみくも）に射殺する訳にはいかないからな。むしろこんな時ほど、きちんと法律に則（のっと）って逮捕した方が、国民の支持が得られるんだよ。だから佐々木が心配なんだ」

と、西本が繰り返した。

平塚で国道1号線を外れると、海岸沿いに古い道路が走り、その道路に沿って点々と、別荘風の建物が建っている。

やがて、立ちのぼる黒煙が見えてきた。

「正気の館の辺りだ」

と、西本がいった。しかしすぐに、西本は、

「燃えているのは、正気の館じゃないのか？」

と、眉を寄せた。運転していた三田村刑事が車をとめて、

「間違いない、燃えているのは、正気の館だ」

「放火か？　犯人達はどこに消えたんだ？　佐々木元刑事や、彼の娘さんはどうなったんだ？」

「とにかく、近くへ行ってみよう」

と、西本がいって、四人はパトカーを降りると、海岸線の道路を、火災現場に向かって、走り始めた。そこには、消火活動中の消防車二台と県警のパトカーが停まっていた。県警のパトカーに警察官が乗っているのを見て、西本達は声をかけた。

「今、燃えているのは、正気の館という家ですか？」

と、西本がきいた。

「そうです。突然、炎があがって、あっという間に、燃え広がったようで、消防も間に合いませんでした」

「死者は出ているんですか？」

と、北条早苗刑事がきいた。

それに対して、近くに居た消防隊員の一人が答えた。

「女性の焼死体が、発見されました。年齢は十代か、身元はまだ、分かりません」

という。

西本刑事は、神奈川県警の刑事に、きいた。

「中から発見されたのは、若い女性の死体だけですか？」

「今の所、その一人だけですね」

「この正気の館に集まっていた若者達は、今、どこに居るか分かりませんか」

「それも調べているんですが、確かによく若者達が集まっていました。今から三十分程前に火災が起きたのですが、いつもは、若者達が集まっているのですが、今日は一人も居なかったようで、その点、焼死者は一人だけで済んだのは幸運だったと思っています」

「彼らは、この正気の館で、生活していたんですか？」

「時々集まっては、合宿みたいな事をしていた様です。どういう人間が集まっていたのか、どこから来たのかは、今の所分かりませんが、これから調べてみようと思っています。ただ、この正気の館は、軽井沢にもあるようです」

「軽井沢か。ところで、出火原因は？」

と、日下刑事が、きいた。

これには、消防隊員が答えてくれた。

「今もいった様に、いつも集まっている若者達の姿が見えませんでしたから、彼らが火を点けたとは思えません。誰もいないのに火が出たとすると、何者かが放火したのではないかと、今は考えています」

「中で死んでいた、若い女性ですが、焼死ですか？」

と、早苗が、きいた。

「今の所は、分かりません。ただ、いつもこの正気の館に集まっていた、若い連中達の仲間では無い様な気がします。今の所、正確な事は分かりませんが、十代の女性の様です。これから、司法解剖すれば、何故死んだのかがわかると思います」

と、消防隊員が答えた。西本刑事が、携帯を使って十津川警部に報告する。

「問題の正気の館ですが、こちらに来た時はすでに、火災になっていました。中から、若い女性の死体が発見されました。これから、司法解剖するそうです。もし、十代の女性ならば、佐々木元刑事の娘さん、さくらさんではないかと思われます。犯人達の死体もありませんし、佐々木元刑事の死体も見つかりません。どこに行ったのか、現在不明ですが、軽井沢にも、正気の館があるようなので、探してみます」

「何とかして、佐々木の居所をつかんでくれ。下手をすると、彼が殺人犯になってしまう可能性があるから」

と、十津川が厳しい調子で、いった。

3

夕方のニュースは、錯綜していた。三村警視総監が狙撃された、という点ではどこの放送局も一致していたが、その結果については、無事だという推測もあれば、亡くなったという推測もあった。肝心の、三村警視総監の周辺からの声が、全く聞こえてこないからである。

とにかく、警視庁からは、狙撃されたが現在入院中というだけしか、三上刑事部長が発表しなかったのである。三上刑事部長は、平素はやたらに政治的に動いたり、発言したりするのだが、今回に限って、十津川警部の意見を受けいれ、忠実に実行し、狙撃された総監が、現在どうなっているのかについては、いくら攻められても、それ以上は発表しなかった。どうにでも考えられる発表である。沈痛な表情で、現在中央病院の特別室に入っているという事は、重傷で動かせないと推測する人もいるだろうし、すでに死亡しているのだが、その影響が大きいので、入院したとしか発表しないのではないのか、と放送するテレビ局もあった。

十津川は、そうした動きを全て把握しておく為に、しばらくの間、中央病院に捜査本部を置くことにした。表面上は、事件のあった中央病院から離れずに、地道に聞き込みをやっているように見せかけるためだった。そうした形をとって十津川達は、中央病院の現場から動こうとしなかった。その十津川に対して新聞記者や、テレビ局のレポーター達が、必死に食い下がってくる。全ての取材に対して十津川は、警視総監が狙撃され、中央病院の特別室に収容された事は知っているが、容態については分からない。とだけしか答えなかった。そうすることで、敵側が勝手に、想像力を働かせるのを狙ったのだ。

夜に入ってその効果が出た。法務大臣の秘書から十津川に電話が入ったのだ。

「三村警視総監がどうなったか、はっきりした発表が無いので、国民の間に不安が広がっている。本当はどうなのか、教えて貰えないか。勿論、秘密は厳守する」

と、秘書の野村が、迫ってきたのである。かなり焦っているのが分かった。

「正直に申しあげると、私にもよく分からないのですよ。現在、中央病院の特別室に入っている事は間違いありませんが、面会謝絶で、誰も近付かない様にガードされています。勿論、私も会えません。ですから現在、どういう状態なのか分からないのです」

としか、十津川はいわなかった。大事なのは、相手が勝手に想像して動いてくれることである。

次には警察庁の幹部が押しかけて来た。勿論、特別室に彼らを、入れる事を病院が拒否したので、仕方なく、聞き込みをやっているという十津川に会いに来たのである。

警察庁の幹部二人が来たのだが、二人とも警視正である。十津川よりも、遥かに先輩であり、位も上である。その二人が十津川に向かって不満をぶちまけた。

「現在、日本中が不安に襲われている。警察庁の失脚した、黒田前長官も原田という元警視庁の警部に襲われて、危うく死ぬところであった。その上、現職の警視総監まで狙われた。それなのに、肝心の警視総監の容態が分からない。マスコミも、無事だというニュースが流れる一方で、重傷だというニュースもあり、すでに死亡しているというニュースまである。君らには特別室の様子が分かるんじゃないのか。ハッキリした警視総監の容態を聞いてきて、我々に、伝えてくれないか。このままでは、ますます東京全体が暗くなり、日本全体が不安に襲われてしまう。私達は、ここで待ってるから特別室に行って、様子を見て来てくれ」

「それが出来ないのですよ」

十津川は、繰り返した。

「どうして出来ないんだ。誰なら出来るんだ。誰に聞いたら警視総監の本当の容態が分かるんだ?」

と、大声を出した。

「私が知っている限り、警視総監は現在、特別室で治療を受けていると聞いています。私が知っているのは、それだけです。誰が聞いても、そういう答えが返ってくるでしょう」

「という事は、重傷で、現在、手術中だという事かね」

「それも分かりませんが、私は、そう考えています」

「警視総監が狙撃されてから、すでに五、六時間経っているだろう。その間、ずっと手術が続いているのかね?」

「それは私にも分かりません」

「じゃあ、誰に聞いたら分かるんだ!」

とうとう、二人の警視正が、怒鳴った。

それでも十津川は、

「実は、三上刑事部長も特別室に入れないので、警視総監の容態が分からないと、怒っていますが、全て、ここの院長の判断ですから」

十津川は何といわれようと、不明で通した。

翌日になると、とうとう、総理の秘書官が中央病院にやって来て、

「こうした状態は、いたずらに、不安を助長させる。もし、警視総監が、執務が出来ないほど、重傷なら、副総監が正式に警視総監代理として、職務に就くべきではないかと総理が言っておられる。すぐ副総監に、首相官邸に来る様に伝えて欲しい」

と、言及した。

早川副総監は、待っていたという感じですぐ首相官邸に急行した。

十津川はその知らせを受けて、Tホテルの特別室に居る、三村警視総監に、会いに行った。

そこには、三上刑事部長も居た。

「どうしますか？　K総理は、総監が重傷を負って仕事が出来ないと見て、早川副総監を総監代理として新しい警視庁の動きをつくるかもしれませんよ。そうなってしまったら、向こうの勝ちです」

三上が言った。

三村は、それに対して、

「総理大臣が、副総監を総監代理に任命しようとしたら、私が健在で、すぐにでも職

務に復帰出来ると、首相に抗議をする。私に一回も会わずに決めたことは横暴だとしてね」

昼のニュースは、一斉に、三村警視総監が、重傷で、職務に戻れないことが、わかったので、首相官邸は、早川副総監を総監代理として正式に任命し、明日から警視庁は早川総監代理が、指揮する事になりそうだと伝えた。

三上刑事部長が首相官邸に電話した。これから、戦いである。緒戦は、向こうが、三村総監が重傷と見て動いた。そこに、つけ入るスキはありそうである。そこで、三上が動いたのだ。

勝手に副総監を総監代理として、明日から警視庁の指揮をとらせるというのは、言語道断である。すでに三村警視総監は、何の怪我も無く、明日九時には警視庁に登庁する筈である。と、首相官邸に抗議をした。

「電話に出た官房長官が、慌てふためいていたよ」

三上が、笑った。

そこで、三上は記者会見を開き、首相官邸も、早川副総監も、はっきりと三村警視総監の無事を確認せず、勝手に人事を動かしている。まことに困った事である。そんな事では、安心して、警視庁で捜査にあたることが出来ないと、抗議した。

その頃、佐々木は、軽井沢にいた。まだ多くの別荘の扉は閉まっていて、人の気配は少ない。そんな中で、佐々木は、正気の館、と名前が付く別荘を、探して歩いた。旧軽井沢には無かった。北軽井沢を探し、奥軽井沢を探した。やっと見つけたのは、翌朝になってからだった。その別荘は『正気の館』という看板を外していたのである。

佐々木は、林の中にあるその別荘を見つめた。煙突から煙が出ている。平塚の家と違って、ここには、人の気配がする。彼等の中に、リーダーがいたらそのリーダーだけは絶対に殺すつもりだった。

佐々木の携帯が鳴った。十津川警部からだった。

「今、どこにいる。正直にいってくれ」

「今、奥軽井沢にいます。これから私がやる事を止めないで下さい。古風かもしれませんが、私は、死んだ娘の仇を取りたいんですよ」

佐々木は落ち着いた声で、いった。

「それなら、娘さんを誘拐・監禁した犯人を捕まえて、重く罰すればいい」

「それでは、こちらの気が収まりません」

「いいか、こんなことをいっても、関係ないというだろうが、現在の日本を変えようとする総理や法務大臣、そして警視庁の副総監などが一斉に表に出て来た。三村警視総監が重傷だ、と思い込むと、副総監を警視総監代理として、新しい警視庁をつくろうとしている。それだけは、防ぎたいんだ。

もちろん、君には君の考えが、あるだろうが。娘さんの仇を討ちたいというのも分かるが、まず、日本を救ってくれ。今、君の娘さんを誘拐・監禁して、君に警視総監を殺させようとしていた犯人が捕まれば、こちらが、優勢になる。そのために、刑事達がそちらに向かっている。何とかして、相手を殺さず、誘拐犯人として、警視総監を狙撃しようとした犯人として、逮捕したいんだ」

「約束は出来ません」

「気持ちは分かる。だが下手をすると東京がおかしくなり、そして、日本全体がおかしくなってしまうんだ。それを防ぎたいんだよ。いいか、犯人達は君の娘さんを誘拐・監禁して殺した。そんな奴らの望む世の中にしては、いけないんだ。優しい警察、そういう警察を君の娘さんだって、希望していた筈だよ。こんな手段で、強い警察を作ろうとする輩がいなければ、君の娘さんが誘拐されたり、監禁されたりする事は無かったんだ。そのことを考えて欲しい」

十津川は、話し続けた。

その間に、刑事達が佐々木を見つけて押さえてくれると思ったからである。

急に、佐々木の声がおかしくなった。その声に混じって、西本刑事の声が入った。

「今、佐々木元刑事と合流しました。目の前に、犯人達がいる別荘が、見えています。県警の応援が到着し次第、全員を、逮捕するつもりです」

西本刑事が嬉しそうに、いった。

4

午前九時。三村警視総監が颯爽と警視庁に登庁した。直ちに記者会見を行い、自分は無傷であり、今まで通り優しい、国民の為の警察を目標に前進していくつもりであると発表した。

それに反して副総監は、ミスを犯した。首相官邸に呼ばれて、警視総監代理に任命された時にそれが嬉しくて、つい、日頃思っていた事をそのまま、記者会見で喋ってしまったのだ。

「只今、総理から警視庁総監代理に任命されました。私は、今まで三村総監のやり方には、内心反対でした。優しい国民の為の警察は結構ですが、皮肉な事にその優しさが、ご自分を狙撃する犯人を生んでしまったのです。起きた事件を反省し、国民の為というよりは、国家の為の強い警察を作りあげるつもりです。そうなれば、二度と今回の事件の様な事は起きません」

少しばかり、副総監は喋り過ぎたのだ。嬉しさのあまり、日頃、三村警視総監を批判していた気持を、口に出してしまった。そこへ、三村警視総監が登庁し、自分が無事であることを記者会見で発表し、今まで通り国民の為の、優しい警察を作りあげると発表した。そのため副総監は、辞表を出さざるを得なくなったのである。

軽井沢では、西本と、佐々木が争っていた。

問題の別荘に突入するに際して、西本は、佐々木の拳銃を預かるといい、佐々木がそれを拒否したのである。

「それなら、絶対に誰も殺さないと約束して下さい」

と、西本は、いった。

「それは、出来ない」

と、佐々木が、いい返した。

「どうして出来ないんですか？」

「娘を殺した人間は、絶対に許せない。その首謀者を、殺すと誓ったんだ」

「殺しても、娘さんは、生き返るわけじゃないでしょう？　娘さんだって喜びませんよ」

「確かに、娘は生き返らん。しかし、このままでは娘は口惜しくて、死にきれんだろうし、私だって、同じだ。主犯者を殺せば、娘の魂は安らかに眠れる筈だ」

「もう突入するぞ。このままでは気付かれてしまう」

と、日下がせき立てた。

「私の勝手にさせてくれ」

佐々木は、すでに歩き出していた。

「相手が降伏しているのに、撃とうとしたら、私があなたを撃ちますよ」

西本が、相手を牽制した。が、すでに、佐々木は別荘の方向しか見ていなかった。

佐々木は、歩きながら、平塚から持ってきた十本の名札を、一本ずつ見て、捨てていった。

○主将　木元勝之

最後にこの名札の名前を、口の中で繰り返した。

（この男だけは、殺す）

と、佐々木は、決めていた。

西本は、その佐々木のうしろを歩いた。

今、眼の前の別荘に、犯人たちがいる。

調べた結果、平塚の「正気の館」から、十人の男たちが、こちらに移ってきていることは、確認していた。

強い国家をめざしている若者たち。よくいる若者だが、その手段が過激だった。

佐々木の拳銃の腕前を利用するため、娘を人質にとって、彼に、三村警視総監の暗殺を強要したのは、許せない。今のところ、犯人グループと、K総理や池内法務大臣とのつながりは、不明だ。

だから、こちら側としては、逮捕して、彼等が、敵側の権力者と、同じ考えを共有している若者として罰した方が効果的なのだ。それを逮捕せずに射殺してしまったら、下手をすると、殉教者にしてしまいかねない。

西本は、別荘に向かって、歩きながら、どうすべきかまだ、決心がつきかねていた。

佐々木が相手を殺そうとしたら、どうしたらいいのか？

飛びついて、止（や）めさせるべきなのか？

それとも娘の仇を討たせてやるべきなのか？

決心がつかないまま、西本は用意したメガホンを使って、別荘の中の犯人たちに向かって呼びかけた。

「正気の館のグループよ。よく聞け！　君たちの別荘は完全に包囲した。直ちに、武器を捨てて、降伏せよ。繰り返す。抵抗は無駄だ、すぐ降伏せよ！」

その時、佐々木はいきなり走り出した。

「誰か佐々木を止めろ！」

と、西本が、叫んだ。

日下と三田村が、止めようとしたが、その時には、佐々木は別荘に飛び込んでいた。

中にいた誰かが、部屋の明かりを消した。

窓には目張りが施され、自然光も殆ど入ってこない。暗くなった部屋の中で、飛び込んだ佐々木に誰かがぶつかった。

その相手を佐々木は、拳銃で殴りつけた。

「主将の木元勝之はいるか！　出て来い！」

佐々木が叫んだ。

その声に向かって、銃弾が飛んできた。

佐々木は、避けずに、叫んだ。

「今、撃ったのは、木元だな。お前だけは許せない！　殺してやる！　他の者は逃げていい。さっさと逃げろ！」

その声に向かって、また一発。

今度は、その銃弾が、佐々木の左腕をかすめた。小さな衝撃。血が流れる。

「見つけたぞ！」

佐々木は、まっすぐに突き進んだ。

前方の闇が、動いた。

「逃げるなよ！」

佐々木は、暗がりに潜む人の影に向かって、拳銃を撃ちながら、飛びかかっていった。

男の悲鳴。

三発目の相手の弾丸が、佐々木の頭をかすめ、その衝撃で彼は気を失っていった。

（さくらよ。仇を取ったぞ）

と、佐々木は意識を失いながら、それだけを呟（つぶや）いていた。

5

佐々木は夢を見ていた。

娘のさくらと、鳴門の渦潮を見ている夢だった。

さくらの肩に手をかけて、

「渦が出来るのを見ていると面白いね」

と、いう。

しかし、振り返った女は、娘のさくらではなかった。

あの女医だった。

「さくら！」

と叫んだところで佐々木は意識を取り戻した。

白い天井。

どこかの病室なのか。

手で触ると、包帯を巻かれた頭。意識と一緒に痛みも戻ってきて、佐々木は顔をしかめた。

看護師が、入ってきた。

「大丈夫ですか？」

と、心配そうに、きく。

「ここは？」

「旧軽井沢の病院ですよ。もう大丈夫ですよ」

看護師が、笑顔でいう。

「警察は、来てないのか？」

と、佐々木が、きく。

「警察なんか来てませんよ。どうしてですか？」

「私は、人を殺したんだ。殺したいと思って殺した。だから、警察が来ている筈なんだよ」

「警察なんか来てませんよ。代わりに、新聞社の方が、会いたいといって来てますけど」

と、いう。

「何のために？」

「私はわかりませんけど、いろいろ聞きたいそうですよ。通していいですか？　もう、丸一日待っていらっしゃるんですから」

　と、看護師がいう。

「写真を撮りたいのか？」

「ええ。それに、お話も聞きたいと、いってます」

「会ってもいい。私は、人間を二人殺している。そんな話で良ければ、話してやる」

　と、佐々木がいい、看護師は、ニッコリして、新聞記者を呼んだ。

　入ってきたのは、四十歳くらいの地元の新聞記者だった。ひとりで、カメラマンをかねていて、小さなカメラでまず佐々木の写真を撮った。

「あなたの写真が撮れて、幸運でしたよ。他の連中は、あなたが、なかなか眼を覚まさないので、あきらめて、引き揚げてしまったんですよ」

「私のことを、知ってるのか？」

　と、佐々木が、きいた。

「今や、あなたは、有名人ですよ。元警視庁刑事。東京では、警視総監を助け、軽井沢では、人を救った」

「ちょっと待ってくれ」

　と、佐々木は、あわてて手で制して、

「東京のホテルで、警視総監を助けたのは事実だが、ここでは、殺したくて殺したんだ」

「誰を殺したんですか？」

「木元勝之。私の娘を殺したから、私は娘の仇を討った。憎しみを籠めて、殺したんだ」

「木元勝之さんなら、生きていますよ」

「生きているのか？ クソ！」

「瀕死の重傷でしたが、幸運にも助かりました。しかし殺人・誘拐などの容疑で、刑務所に行くことになるでしょうね」

と、記者が、いった。

「どうして、奴は、死ななかったんだ？」

「それは――」

と、いってから記者は、佐々木をのぞき込んで、

「本当に、何にも知らないんですか？」

「何をだ？」

「木元勝之は、あなたのおかげで助かったんですよ」

「そんな筈はない。私は憎しみを込めて奴の胸に向かって、拳銃を撃ったんだ。体当たりしてだ」

と、佐々木は、いった。

佐々木は、あの瞬間を、はっきりと思い出した。

薄闇の中で、佐々木は、眼の前の木元勝之に向かって、拳銃を撃ち、体当たりしたのだ。その手応えは、あったのだ。

相手が、呻き声をあげながら、倒れるのを覚えている。

「それでも、奴は、死ななかったのか？」

と、佐々木は、きいた。

「死ぬところを、あなたが、助けたんじゃありませんか」

と、記者が笑う。

「何があったんだ？　なぜ、奴が、助かったんだ？」

「あなたも、木元勝之も、東京から来た刑事さんたちが、この病院へ運んだんです。あなたは、命に別条がなかったが、木元の方は、瀕死の重傷で、すぐに輸血が必要だったんです。あなたの血も、木元を助けるために、使われました。大変な美談じゃありませんか。そのニュースをテレビも取りあげたのに、肝心の本人が、知らないとはね」

（やられた――）

と、思った。

やったのは、西本刑事か。そして、十津川の指示なのか。

「うちの新聞でも、速報で、ニュースにしましたよ。憎しみが愛に転じて、人間一人が救われたということで」

記者が、ニコニコしながらいう。

「その話は、本当なのか？」

「本当ですよ。憎しみを越えて、あなたに助けられた木元勝之は涙を流して、全てを話したそうですよ。あなたの娘さんを誘拐して、あなたに警視総監を殺させようとしたことを、すっかり自供したそうですからね」

「私の血も、奴に輸血したのか？」

「病院で確認しましたよ。あなたは、ほとんど無意識の状況で、木元への輸血を懇願したそうじゃありませんか」

「誰がそんなことを、いったんだ？」

「東京から来た刑事さんですよ。西本さんといったかな。あの刑事さんも、感動してましたよ」

「やっぱり、あいつか」

「怒ってるんですか？」

「当たり前だ。意識がはっきりしていたら、奴へ輸血なんかするものか」

「しかし、丁度、血液型が同じだったというのも不思議な偶然じゃありませんか」

記者は、あくまでも、美談にしたいらしい。

佐々木は、苦笑いした。

「血液型も、多分違っている筈だ。ただ、私は、O型で、誰にでも輸血できるんだ。木元の血液型はなんだ？」

「確かB型です」

「違うじゃないか。私が、O型だと美談にならないんで、私も、B型にしたんだ」

「怒っているんですか？」

「当たり前だ。私が一番嫌いなのが、作られた美談なんだ」

「でも、木元勝之は感動して、全てを自供したんだから、その美談は、やはり、すばらしかったんですよ」

「私は、腹が立って、恥ずかしい」

と、佐々木は、いった。

「インタビューの写真は、構いませんか？」

「勝手にしろ！」

佐々木は、怒鳴り、その日の中（うち）に、病院を逃げ出した。

6

軽井沢の別荘で、逮捕されたのは、若い男ばかり、十人。暗闇の中で、撃ち合いがあったが一人も、死んではいなかった。

その中には、佐々木が徳島警察の刑事に話した、新神戸駅でベンツの横に立っていた、長身の男もいた。

西本は帰京すると、十津川に報告した。

「佐々木には、悪いことをしたと思っています。多分ああいう美談を一番嫌いな人間だと思いますから」

それが、西本の報告だった。

「それで、佐々木は今、どうしてるんだ？」

「病院から姿を消しました。地元の新聞記者によると、仇を討ったという気持ちが消しとんでしまったといって、腹を立てていたようです」

「そうか」

としか、十津川は、自分の気持ちを口にしなかった。

佐々木は、娘さくらに対する愛情を、美談ではぐらかされたことで、腹を立てたに違いない。

いずれにしろ、数日中に、佐々木は、出頭してくるだろうと、十津川は、確信していた。

「しかし、西本のやったことは、われわれにとっては感動でした」

と、十津川は、三上刑事部長への報告では、冷静な口調でいった。

逮捕された「正気の館」の十人は、直接は、敵方と、つながっている証拠は見つけられなかった。

しかし、K総理が四十代の若い時「正気の館」という若者たちのグループを作り、将来の日本に役立つ人造りを考えていたことは、間違いなかった。

K総理は、途中から、保身のため、そうした若者たちと接しているのは、危険だと考えて、表向きは、関係を絶ってしまった。

彼らは、総理の意を汲むという形で、勝手に今度の事件を計画・実行したのだろう。

したがって、敵方を追いつめるのは、不可能であった。

それでも、記者たちの追及を恐れて、K総理は、外遊に出かけてしまった。

一ヶ月後に、実際にも東南アジアの首脳との会談があるといっても、少しばかり、早めの出発だった。


十津川は、一つの問題を抱えていた。

それは、女医の小西あかりのことだった。

彼女は、二二口径の小型拳銃を持ち、それで、三村警視総監を、撃とうとした。

しかし、実際には、拳銃の引金を引いてはいない。

逆に、佐々木に撃たれて、重傷を負った。

その上、今回の事件で、十津川たちは、彼女と、取り引きをした。

そこで、彼女の罪を問わず、アメリカに帰そうと考えているのだが、ここに来て、急に三上刑事部長が、十津川に、問題を投げかけてきたのである。

現在、小西あかりは、中央病院で治療を受けている筈だった。

「小西あかりのことで、問題が起きた」

と、三上が、十津川に、いった。

「司法取引が、いけなかったんですか?」

「いや。あの取り引きについては、今後、増えていくだろうということで、問題になってはいない」

「じゃあ、何が問題なんですか?」

「中央病院で起きたことが、今、問題になっているんだ」

と、三上はいう。

「よくわかりませんが――」

「地下二階の廊下で、何が起きたか、もう一度じっくり考えてみたんだよ。何かおかしいとは、感じないか?」

と、三上が、きく。

「確かに、女医の小西あかりが、狙撃者だったことには、びっくりしましたが、三村警視総監がご無事だったので、よかったとは思っていますが」

「そこなんだ。いいかね。三村総監と、小西あかりが、揃(そろ)って、地下二階のがん検診室から出てきた。ニコニコ笑いながらね。ところが、小西あかりは、ベレッタ自動拳銃を持っていた」

「そうです」

「その拳銃を彼女は、抜き出した。しかし、銃口を、三村警視総監に向けたわけじゃない。それを、佐々木が見つけて、撃った。彼女は倒れ、三村警視総監は、無事だった。これがあの時、中央病院で起きたことだ」

「そうです」

「今になって、問題が、生まれた」

　と、三上がいう。

「どんな問題ですか？」

「なぜ、佐々木が、小西あかりを撃ったのかということなんだ」

「それは、彼女が拳銃を抜き出したので、とっさに、三村警視総監が、危ないと思い、彼女を撃ったんでしょう。やはり元刑事ですよ。反射神経の鋭さです」

「それなんだが、今になって、関係者の証言や、地下二階の写真を見てみたんだ。ベレッタは小さくて、掌（てのひら）にかくれてしまうんだ。離れていたら、とても見えない」

　三上は、実物のベレッタ自動拳銃を持ち出してきた。

　確かに、二二口径で、女性用だから小さい。三上は、男としては、掌は小さいが、それでも、かくれてしまう。

「小西あかりは、女性としては、大柄で、手も大きい。だから、ベレッタは、かくれてしまうんだよ」

「つまり、少し離れたところから、佐々木は、ベレッタが見える筈がないということですか？」

と、十津川が、きいた。

「そうなんだ。佐々木に、ベレッタが、見える筈がない。それなのに佐々木は、迷わずに撃っている。なぜなのかという疑問が、生まれているんだ」

と、三上は、いった。

「そんな問題が、検討されているんですか」

と、十津川は、いってから、少し考えて、

「わかりましたよ。佐々木が、あとになってから、いってたじゃありませんか。小西あかりに対して、中央病院で、初めて会ったんじゃない。鳴門で、渦潮を見ている時、彼女が、いたんだ。娘のさくらを誘拐したのは、彼女だと。だから、憎しみのあまり、撃ったんじゃありませんか？」

十津川がいうと、三上は笑って、

「私も、同じように考えたがね。間違っている。佐々木が、小西あかりを鳴門で見た。

彼女が、娘のさくらを誘拐した犯人だといったのは、小西あかりを撃ったあとだよ。だから撃ったときは、鳴門のことは、思い浮かんでないんだ」

「確かに、三上部長のいう通りです。佐々木が小西あかりを撃ったのは、鳴門のことを思い出す前です。そう考えると、佐々木の行動は、おかしくなりますね。小西あかりを撃ったのは、総監の暗殺者としてでも、娘の誘拐犯としてでも、なかった。小西あかり自身は、何といっているんですか？」

十津川は、逆に三上に質問した。

「三村総監を、撃とうとしたと認めているが、これは、司法取引をしているから、こちらが納得するように答えているのかも知れない」

「小西あかりは、まだ中央病院に、入院しているんですか？」

「回復が予想外に早くて、昨日、退院した」

「アメリカに帰ったんですか？」

「帰ったという痕跡（こんせき）はない。こちらで調べてみたが、出国した形跡はなかったからね。まだ、日本国内にいると思っている。しかし、日本の何処（どこ）へ何のために行っているのかが、わからない」

「私たちは、思い違いをしているのかも知れませんよ」

と、十津川が、いった。

「何をいってるんだ？」

「私たちは、日本国内の政治状況について毎日考え、一喜一憂しています。元刑事の佐々木も当然、同じように考えていると思い込んでいます。だから、敵側も、佐々木の娘さくらを人質にして、彼の拳銃の腕前と、政治的思想を利用して――実際は、敵側とは反対の考えでしたが――三村総監の暗殺を企てました。

実際、われわれは、佐々木が、どう動くのか判断に悩みました。思うに、彼は彼の考えで生きてきているんじゃないでしょうか？ 佐々木は、時にはわれわれの味方らしく振る舞い、時には、勝手に行動していた。そんな感じがしてきたんです」

「その佐々木は、今、何処にいるんだね」

「死んだ娘の思い出を求めて、鳴門の渦潮を、見にいってるんじゃないでしょうか」

「それは、それでいいんじゃないのか」

「はい。しかし、小西あかりも、鳴門に行っているかも知れません」

と、十津川が、いった。

「二人が鳴門で会っているというのか？」

「そうです」

「しかし、佐々木は、小西あかりが、鳴門で娘のさくらを誘拐した犯人だと、怒っていたじゃないか」

「われわれはその言葉を、簡単に信じていましたが、本当かどうか、分かりません。敵味方に別れていることを装う時、一番上手い見せ方は、その立場をより鮮明にすることだと思うのです」

「それでは、二人は、前からの知り合いということか？」

「そうです」

「では、佐々木が、小西あかりが、娘のさくらを誘拐したといっていたのは……」

「彼女は、さくらさんを、誘拐などしていなかった。あの時は、彼の言葉を信じましたが、今は、信じられませんね」

「だが、佐々木は、彼女を撃っているぞ」

「彼女が、三村総監と親しくしているのを見て、かっとしたのかも知れません。その方が、今は、納得できます」

「そんな理由で、小西あかりを撃ったのか？　じゃあ、二人は、どんな関係なんだ？」

「今、ふと考えたんですが、小西あかりと佐々木の娘は、よく似ているとは、思いませんか？」

「そこまで、考えるのか？」

「娘のさくらが誘拐され、安否さえ不明な時に、他の男性と、談笑していた。

「それが演技だと分かっていても、佐々木には、我慢ならなかった。もちろん、撃った後は、後悔していたでしょうが」

「一瞬、我を忘れた、ということかね？」

「はい。私たちは、敵味方に別れて戦っています。真剣に国のこと、国民のことを考えて、いつも敵か味方かを考えていますが、妻を失い、娘の余命も少ないと宣告された、佐々木のような男は、自分のため、娘のため、女のために生きているんです。

小西あかりは、佐々木が犯人グループの目を逃れて連絡を取り、彼等に接近させたんです。三村警視総監の暗殺に手を染めずに、娘のさくらさんを救い出すために」

「ということは、小西も、総監を護（まも）ろうとしていたのか？」

「はい、犯人達は、一度目の計画の時も、他にも暗殺者を用意していましたから。場合によっては、佐々木を撃つ場面も、お互いに想定していたかも知れません。とにかく犯人は、自分たちと関連のない実行犯が欲しかった。小西あかりは、うまく潜り込んだが、彼等の監視が厳しくて、さくらさんの監禁場所を、佐々木に伝えられなかったのでしょう。

事件後の二人の会話は、本当のことをいうより、司法取引に応じたほうが、得だと判断したんでしょうね。あと、これが一番の理由でしょうが、その時はまだ生きていると信じていたさくらさんに、死んだ由美さんが本当の母親じゃなかったと、こんな形で知られたくなかったんでしょう。

もし、誘拐事件が起こらなければ、佐々木は、前もってアメリカから帰国させていた、小西あかりを、あの旅行中に、さくらさんに紹介しようとしていたのかも知れません」

「われわれには、そんな生き方は、もう無理かな」

「ここまで来たら、無理でしょうね。佐々木のように、勝手には生きられません」

と、十津川は、いった。

「君は、佐々木が羨ましいか？」

「わかりません。ひょっとしたら、佐々木だって、われわれが羨ましいと思っていたかも知れませんしね。今は、小西あかりと鳴門の渦を見ながら、いろいろ考えているでしょうが」

と、十津川は、いった。

この作品はフィクションです。
実在の人物、場所とは一切、関係ありません。

本作品は二〇一六年二月中央公論新社から刊行され、
二〇一八年一一月中公文庫に収録された。

西村京太郎著
神戸電鉄殺人事件

異人館での殺人を皮切りに、プノンペン、東京駅、神戸電鉄と、次々に起こる殺人事件。大胆不敵な連続殺人に、十津川警部が挑む。

西村京太郎著
琴電殺人事件

こんぴら歌舞伎に出演する人気役者に執拗に脅迫状が送られ、ついに電車内で殺人が。十津川警部の活躍を描く「電鉄」シリーズ第二弾。

西村京太郎著
広島電鉄殺人事件

速度超過で処分を受けた広電の運転士が暴漢に襲われた。東京でも殺人未遂事件が。十津川警部は七年前の殺人事件との繋がりを追う。

西村京太郎著
富山地方鉄道殺人事件

姿を消した若手官僚の行方を追う女性新聞記者が、黒部峡谷を走るトロッコ列車の終点で殺された。事件を追う十津川警部は黒部へ。

西村京太郎著
西日本鉄道殺人事件

西鉄特急で91歳の老人が殺された！　事件の鍵は「最後の旅」の目的地に。終わりなき戦後の闇に十津川警部が挑む「地方鉄道」シリーズ。

西村京太郎著
近鉄特急殺人事件

近鉄特急ビスタEX（エックス）の車内で大学准教授が殺された。十津川警部が伊勢神宮で連続殺人の謎を追う、旅情溢れる「地方鉄道」シリーズ。

鳴門の渦潮を見ていた女

新潮文庫　に - 5 - 46

令和五年九月一日発行

著者　西村京太郎

発行者　佐藤隆信

発行所　株式会社新潮社

郵便番号　一六二―八七一一
東京都新宿区矢来町七一
電話　編集部(〇三)三二六六―五四四〇
　　　読者係(〇三)三二六六―五一一一
https://www.shinchosha.co.jp

価格はカバーに表示してあります。

乱丁・落丁本は、ご面倒ですが小社読者係宛ご送付ください。送料小社負担にてお取替えいたします。

印刷・三晃印刷株式会社　製本・株式会社植木製本所

ISBN978-4-10-128546-7 C0193